外星异客

刘奕炫 著

花城出版社
中国·广州

图书在版编目（CIP）数据

外星异客 / 刘奕炫著. -- 广州 : 花城出版社,
2025. 8. -- ISBN 978-7-5749-0571-9

Ⅰ. I247.5

中国国家版本馆CIP数据核字第2025M7Z315号

外星异客
WAIXING YIKE

刘奕炫/著

出 版 人	张 懿
责任编辑	林 菁　徐嘉悦
责任校对	梁秋华
技术编辑	凌春梅
封面绘制	林之韵
封面设计	小　斌
出版发行	花城出版社
经　　销	全国新华书店
印　　刷	佛山市浩文彩色印刷有限公司
开　　本	880毫米×1230毫米　32开
印　　张	8.875　2插页
字　　数	170,000字
版　　次	2025年8月第1版　2025年8月第1次印刷
定　　价	49.80元

版权所有·侵权必究。如发现印装质量问题，请与出版社联系。
联系电话：020-37604658　37602954

有个问题，一直让我非常困惑：希腊英雄忒修斯的船，凭借良好的维修技术和及时替换损坏的部件，在大海上航行了数百年。最终，这艘船上所有的功能部件，都被换了个遍。问题是，现在这艘船，还是原来那艘船吗？或是说，它变成了一艘完全不同的船？如果它不再是原来的船，那么，从什么时候开始，它就不是忒修斯之船了呢？

——普鲁塔克（古希腊哲学家，公元46年—120年）

目录

1	前言
5	序幕
13	第一章　"超级代码"
35	第二章　人类末日
45	第三章　海底计划
60	第四章　生死博弈
78	第五章　逃出核潜艇
95	第六章　克隆体
111	第七章　神秘杀手
123	第八章　忒修斯之船
141	第九章　星际往事
150	第十章　人体改造

161	第十一章	中子星灾难
170	第十二章	幕后真凶
186	第十三章	疑点重重
203	第十四章	意识备份
217	第十五章	蚁蛉文明
231	第十六章	"闯关游戏"
244	第十七章	乌贼行动
263	第十八章	"超级代码"的真容

前　言

点苍山的夜，静谧，安详。

此时已是半夜，万籁俱寂。阿布独自躺在山脚打石场的工棚里，翻来覆去，难以入眠。工棚很简陋，用打石场废弃的石块搭建而成，上面盖着石片块。工棚中央燃烧的篝火，发出时明时暗的光，投射在工棚顶部凸凹不平的石片块上，影影绰绰，像极了伊依的身影。伊依是绿桃村里最俊俏的女孩，聪慧乖巧；而阿布高大英俊，勤劳能干，两人郎才女貌，情投意合，不知羡慕死了村里多少年轻男女。

然而，尽管伊依早已属意阿布，但伊依的家人反对两人在一起，理由是阿布是一个干苦力的石匠，家里穷。这也怪不得阿布，龙生龙，凤生凤，老鼠生来会打洞——阿布家世世代代都是石匠，传到阿布这一代，他也没能摆脱成为石匠的命运。这就是阿布如此拼命的原因，他常常一个人跑到深山里打石头，想多挣点钱，早日把伊依娶回家。

白天一忙起来倒也没什么，可是一到晚上，孤寂难耐，阿布就会情不自禁地想起他的伊侬来了——脑海里、目光所及之处，到处都是伊侬的身影，让他难以入眠。他睁大双眼，盯着棚顶影影绰绰的光影，仿佛看到伊侬在对他微笑。

就在此时，几道强烈的白光，透过工棚的缝隙照射进来，比平时的月光还明亮数百倍。阿布感到很惊讶，一骨碌爬起来，打开石门，来到工棚外查看。只见一个巨大的发光圆盘，形状像是个碾盘，从工棚上空飞过，缓缓降落在不远处的空地上。该发光体四周萦绕着五色光芒，很是炫目。在发光圆盘上面凸起的部位，似乎有几个身影在晃动，似人又非人。

阿布被发光圆盘吸引，壮着胆子，走近它想看个究竟。不料，发光体里突然射出一道光芒，将他吸了进去。他感到大脑一阵空白，顿时失去知觉。

不知过了多久，阿布醒来，发现自己正躺在一个平台上，四周是明亮的光，几个人形怪物正好奇地打量着他。它们都有着一个硕大的脑袋，两只极其夸张的大眼睛，修长的六肢，浑身发灰，模样狰狞恐怖，仿佛站立着的蝗虫。阿布想爬起来，却无法动弹，似乎有一股无形的压力将他困住。

阿布惊恐地大叫，可任凭他如何叫喊，它们都无动于衷。

又过了一会儿，几个人形怪物开始剖开阿布的胸膛进行观察。奇怪的是，阿布既没有感到疼痛，也没有流血。他眼睁睁地看着它们掏出自己的心脏、肝、肺、胃、大肠、小肠，一边查看，一边交谈。但它们说的什么，他一句也听不懂。渐渐地，阿布的眼睛越来越模糊，很快就什么都不知道了。

迷迷糊糊中，阿布再次醒来，发现自己躺在一个新的环境里，像是一个山洞。他的身体被固定在台子上，无法动弹。那几个人形怪物还在，它们正围着一个透明罩子罩住的金属台，不知在干什么。阿布的手腕处，有一根透明管道，与金属台相连。只见一个人形怪物打开透明罩子，躺上金属台，再盖上盖子。一个人形怪物按动金属台上的按钮，只听一阵刺耳的嗞嗞声，躺上金属台的人形怪物竟渐渐融化，不一会儿就化为了一摊蓝色液体。这些蓝色液体顺着透明管道，流入阿布的身体里。

阿布吓得想大叫，但这次他的嗓子无法发出声音。叫没法叫，动又动不了，他就像是一条砧板上的鱼，任人摆布。

渐渐地，阿布眼前又是一阵模糊，随后失去知觉。

当阿布再次醒来时，发现自己躺在山林里的一堆死尸中间，那奇怪的发光体已不知去向。此时正是黎明，几只乌鸦正在啄食他身边的死尸。阿布艰难地从死尸堆里爬起来，查看自己的身体，还好身体完好无缺，只是在胸腔和腹部位置，有几道浅浅的红色线痕。

阿布慌忙跑下山，回到家中，父母看到他后都喜极而泣。

"儿呀，这一年来你去了哪里？我们怎么找都找不到你，还以为你被野兽吃了呢！"老母亲拉着阿布的手，又是哭，又是笑。她的双眼，这一年来都快哭瞎了。

"我离开有一年了？"阿布非常吃惊。在他的自我感觉里，自己不过是被发光体带走了几天而已。

"是呀，伊依天天来问你回来了没有，你要是再不回来，她的家人就要把她嫁给别人了。"

阿布将自己的经历跟父母说了，父母都不相信。他又撩起衣服，父母看到他的胸腔和腹部有几道浅浅的红色线痕，才啧啧称奇，庆幸他没有被怪物吃掉。

这是发生在嘉靖七年（1528）云南大理的一件奇事。据《大理古佚书抄》中记载，当时有上千人，曾目睹一个奇怪的发光圆盘，从天空中飞过。

这个故事，就从发生该事件的五百多年后说起。

序　幕

英国伦敦，深夜。

泰晤士河静静地从伦敦城中流过。就在距河不远处，有一片地势比较低的洼地，那里有一座大约七层楼高的城堡，大门紧闭。它有着近百年的历史，现在的主人，是世界著名科学家张翔，这里是他的一个秘密实验室。

一架装有反雷达装置的小型滑翔机划过泰晤士河上空，两个穿着特殊材料服饰的黑衣人，戴着夜视仪，从二百米高空跳下，熟练地打开降落伞，借着风向成功落到了只有十多平方米大的城堡屋顶，这城堡屋顶倾斜，一般跳伞运动员很难降落。

两人准备好绳索，拴在屋顶的建筑上。

"到达目的地，一切准备就绪。"其中一人手里拿着一个引爆器，对着耳麦说。

"开始行动。"耳麦里下令。

在他们所站位置的地下十米，潮湿的下水道里，下水道的墙壁上贴着的塑胶炸弹，不停地闪着红光。下水道的水深只有四十厘米。

引爆器的按钮被按下。"轰"的一声，三个地方同时被引爆。城堡下方的管道口被炸开，管道盖被炸飞到了城堡地下一层的地板上；与此同时，离它不远处有一个三岔口，其中朝北方向的下水道也被炸开，泥土和石块掉落下来，将三岔口中的一个口堵塞。另外一个挨着泰晤士河的下水道口也发生了爆炸。

此时，泰晤士河岸，一个戴着鸭舌帽和黑色口罩的男人正盯着红外水位探测仪，计算着水压。刚刚河水源源不断地灌入被炸开的下水道口内，顺着新挖出来的地道流向指定的方向。下水道内水位不断上升，河水涌进城堡的地下室，涌入设在地下室里的安防监控室内，安防措施自动断电。监控室内的两个智能机器人保安急忙出来查看，只见一股巨大的水流正源源不断地从地下涌出，一时间有些手足无措。

城堡院子里，保安室内三位来自伦敦郊区的安保人员，此时正在打牌、喝酒。其中一人似乎听到了什么声音，警惕地问另外两个人，说着一口乡下口音很重的英语："你们听到什么声音了吗？"

头戴棒球帽、体形肥胖的保安队长摇了摇头，说："别瞎操那心了，实验室装着最先进的智能系统，方圆两公里内还有两套安防措施，到处都是监控探头，就算是一只苍蝇，恐怕也很难飞进去。"

就在城堡的安防措施自动断电的那一刻，等候在楼顶多时的两个黑衣人开始行动了。他们趁城堡里的智能机器人保安都被吸引到地下室查看不断涌入的河水时，垂绳而下，在顶层的一扇玻璃窗上划开一个洞，进入城堡里。

一个黑衣人摸进监控室里，关掉所有的监控设备；另一个黑衣人从背包里拿出笔记本电脑，连接上城堡里的服务器，植入电脑病毒。

电脑屏幕上，显示电脑病毒正在加载中。

让两位黑衣人没想到的是，城堡监控系统竟是如此智能，它很快监测到，有两个身份不明的人未经授权闯入了监控室。顿时，智能机器人倾巢拥出，迅速朝黑衣人所在的位置汇聚。

"不好，我们被发现了！"盯着监控室外的黑衣人发现大批智能机器人从各个方向蜂拥而来，"还没加载完吗？"

"快了！"负责输入电脑病毒的黑衣人紧盯着电脑屏幕，额头上布满了汗珠，神情无比焦急。但电脑病毒在加载到百分之九十八时，竟停滞不前了。

智能机器人越来越近，黑压压的一大片。

"还没搞定吗？"盯着监控室外的黑衣人几乎要吼起

来了。

"妈的,可能受到了某种反入侵机制的强力干扰!"负责输入电脑病毒的黑衣人忍不住大骂起来,双手在键盘上疯狂地敲出某个代码,以去除干扰。

大量的智能机器人汇聚到监控室门前,把监控室围了个水泄不通。这下,黑衣人就算是插翅也难逃了。

就在智能机器人试图破门而入时,"叮"的一声,电脑病毒加载完成,城堡内的所有智能机器人,顿时死机瘫痪,一动不动地僵在了原地。

两个黑衣人长舒一口气,拉开门,从机器人缝中钻出,向着顶楼跑去。他们来到一扇紧闭的门前,看样子,这是一间密室。其中一人拿出一个仪器,安在门上,小心地调整仪器的数据,只见仪器上的几个转盘在缓缓地转动,当转盘一一锁定后,门应声而开。

但是两个黑衣人并没有立即走进去。其中一人从背包中拿出一个机器狗,从拉开的门缝中把它放进去。机器狗一走进密室内,立即被从四个角落发射的子弹打成了筛子。

黑衣人又拿出一个形状像扫地机器人的不锈钢圆盘,把它放进室内。不锈钢圆盘在密室里乱窜,吸引了埋藏在密室中的四个机械蜘蛛,对它穷追不舍,猛烈射击。不锈钢圆盘带着四个机械蜘蛛从密室里跑出,不知跑哪里去了。

两个黑衣人这才走进密室。他们刚一踏进密室,就触发了虚拟现实机关,密室里的场景顿时一变,一座吊桥呈现在他们面前,下面是汹涌滚动的红色岩浆。假如他们沿着吊桥往前走,必定会落入看不见的陷阱里。

两个黑衣人似乎对密室的情况了如指掌。其中一人不慌不忙,在门口处的墙壁上找到一个隐藏的密码区,输入密码,吊桥和岩浆瞬间消失。他们这才看到,在密室的正中央,摆着一个正方形台子,台子上有一个玻璃罩,玻璃罩里是一个金字塔状的黑色金属体,上面是一些古怪的字符,散发出幽暗的蓝色光芒。

两个黑衣人相视一笑,互相点了点头。其中一人打开玻璃罩,另一人则拿出一块极薄的金属片,慢慢插到金字塔状黑色金属体的正下方,将它固定在台面上。这些做好之后,他们才将金字塔状黑色金属体拿起来。

果然,在黑色金属体下方,有一块硬币大小的金属弹簧块,如果黑色金属体被拿掉,金属弹簧块弹起来,就会触发报警器,导致报警器鸣叫。

"老板,量子信号发射器已到手。"黑衣人将金字塔状黑色金属体小心翼翼地装进防水背包中,对着耳麦说。

"很好,"耳麦里说,"按A计划走。"

他们退出密室。一个黑衣人看了看表，倒计时还剩四分钟，于是他催促道："快点！安防系统一恢复，我们就出不去了。"

两人快速从楼梯下到二楼，那里已经涌进不少水。他们从背包里取出潜水服穿上，随后跳入水里，潜到地下室里，从几个瘫痪的智能机器人保安身边游过去，从下水道游进泰晤士河，游到岸边，将防水背包递给站在河岸上的头戴鸭舌帽的男人。

城堡警报声响起，保安室里的三人顿时惊慌失措。保安队长赶快跑到城堡门口，利用人脸识别开门。门一打开，大水就涌了出来，三个人被水流冲到保安室里。水位很快下落，有几条小鱼落单，在被冲晕的保安队长脸上蹦跳着。

而此时，伦敦一栋大厦的会议室里，灯火通明。二十多位与会者正在激烈讨论，只有张翔教授一语不发地坐在会议桌旁边，沉思着什么。

突然，比较极端的日本科技部议员、知名化学家小藤次郎，把会议桌上的资料全部扫到了地上，大声嘶吼着："我提供的名单上的科学家，都很有价值，联合政府为什么拒绝？现在是我们生死存亡的时候了，难道只有获得诺贝尔奖的权威科学家才有价值吗？他们有的都已经七八十岁了，还搞得了研究吗？你们再这样逼我，我就找记者曝光！"

此时，联合政府的军方代表库巴将军，带着几名手握机枪的士兵从门口冲了进来。但会场还是争吵不休，一片混乱。

库巴将军示意士兵去抓住小藤次郎，大吼道："我们有严格的规定，谁要是把这事泄露出去，就要上军事法庭，甚至被直接处决！"

小藤次郎拿出一个遥控器，得意扬扬，又有些恶狠狠地说："我早就躲过了你们的安防系统，在这栋楼的底层安装了我最新研发的炸弹，虽然威力不大，但是让这栋楼倒塌，让你们一起给我殉葬，还是绰绰有余的！"

这时，张翔的手机振动起来，他看了一眼手机上显示的保安队长的电话号码，知道事情紧急，便接通了电话。

"什么？"他听了电话那头的话后，大惊失色。

张翔立即抓起椅背上的衣服，边穿边对小藤次郎说："我们这栋楼的一层被恐怖分子放水淹了。你那炸弹，应该不防水吧？"

小藤次郎难以置信，崩溃地一下瘫坐在地上。

张翔走过去，拿走小藤次郎手上的遥控器，拍拍他的肩膀说："这只是份工作，别太极端。命都没了，执着又有什么意义？"

说完，张翔将遥控器交给库巴将军，匆匆离开会议室。

几个士兵立即冲上去,把小藤次郎控制住。

张翔驾车赶到城堡前,被眼前的情景惊呆了。他快速走到顶层密室,瞬间明白了怎么回事:恐怖分子水淹城堡,目的是盗走藏在密室里的黑色金属体——量子信号发射器。

张翔恼怒地走出密室,来到窗边,内心充满了不安。

他知道盗走量子信号发射器的人是谁,因为量子信号发射器对于别的人来说,没有任何用处,并且知道量子信号发射器存在的,整个地球上只有他们两个人。量子信号发射器可通过量子纠缠,在四维时空里瞬间传输量子代码信息。很显然,那个人盗走量子信号发射器,是要开始行动了,一场巨大的灾难,即将来临。

张翔凝视着窗外的黑夜,眼神中充满了深深的忧虑。

第一章 "超级代码"

李柯布站在悬崖边的别墅阳台上，久久凝视着前方，万念俱灰。

他活得太久了，久到对任何事都失去兴趣。

五百多年来，他目睹了太多的人和事。从明朝嘉靖年间开始，他经历了一个又一个亲人的离去，经历了一个又一个王朝的更迭，经历了一场又一场灾难、战争的洗礼，见证了一个又一个国家的兴起与衰败。但真正说起来，他的心，早在五百多年前心爱的妻子伊依病逝的那一刻起，就已随她而去。

没错，李柯布就是五百多年前那个被不明发光体带走、被人形怪物进行解剖观察的年轻石匠阿布。从那以后，李柯布竟神奇地获得永葆年轻的能力，身体和容貌不再衰老，一直保持在二三十岁的模样。

按说，拥有不死之躯是很多人梦寐以求的，李柯布应该感到庆幸、格外珍惜自己的身体才是。然而，这个当年的年轻石匠，偏偏拥有一颗纯真、多愁善感的心。当超越生死之后，他反而对很多事看得很透彻，也更加认识人类自身。尤其是在经历了无数次的灾难和战争之后，他对人类的未来感到极度失望，认为这些灾难和战争，无不与人类的贪婪、自私、无节制地掠夺榨取一切环境资源的本性有关。当人类社会跨入工业时代，科学技术的发展一日千里，人类贪婪的本性更加暴露无遗。为掠夺石油等资源，人们榨干每一片土地，破坏和污染多少环境资源。人类研发的原子弹、氢弹等核武器，足以把地球毁灭几十次……如果人类不加以节制，那么人类自我毁灭的那一天，迟早都会到来。

起初，年轻石匠阿布为了不让人发现自己拥有不会变老的能力，不得不每隔一二十年，就换一个地方居住。当国内各个城市都住了个遍，他就到国外去，同时学习多个国家的语言、文化、习俗。他不断地更换姓名、国籍，混迹于各国大学校园里，学习各门知识，拥有一大把的硕士、博士学位。而随着他的学识越来越渊博，他就对人类越来越感到厌倦，认为自己所做的一切毫无意义，也无法改变什么。

他现在的身份，是在剑桥大学做一些与人类基因和衰老有关的研究。可是，研究这些又有什么意义呢？就算解开自己身体不会变老的奥秘，就算做到让所有人类都永不衰老，如果人类贪婪自私的本性不改，只会加速其自身的灭亡。

悬崖下面，是宽阔的海面。白色的浪花不断击打着礁石，发出巨大的声音。每到涨潮的季节，这里倒也是一个不错的景观。

在李柯布身后，是一幢古典精致的别墅。它隐藏于一片茂密的树林里，远离尘嚣，与世隔绝。唯一与外界连通的，是一条灰色的柏油路，但几乎没有人能找到这里。正是因为这里的隐秘性，才被李柯布看中并买下。每当李柯布心情不好的时候，或者不想与任何人打交道的时候，他就会躲到这里来，做自己的研究。

现在，李柯布独自站在阳台上，情绪低落到了极点。

"唉，罢了，罢了。"李柯布喃喃地说。曾担任过大学中文系教授的他，不自觉地吟诵出古人的诗句："前不见古人，后不见来者。念天地之悠悠，独怆然而涕下！"

他太孤独了。这种孤独是不被人理解，又怕人知道的互相矛盾的纠结。更可怕的，是他已经找不到活下去的意义。

恍然间，天边的白云幻化成了伊依的容貌，在云端对他微笑。

"伊依，等我，我来了。"

李柯布眺望着白云，松开手中的红葡萄酒杯，酒杯垂直跌落下悬崖，在夕阳余晖的照耀下，坠入下方汹涌翻滚的海浪中，消失不见。

李柯布跨上阳台的白色栏杆，正要纵身跳下去，身上的手机突然响了。

他掏出手机一看，是久未联系的恩师张翔教授打来的。

张翔教授是世界顶尖的量子物理学家，在量子计算机研究领域做出过杰出贡献，是李柯布最为敬重的人之一。李柯布曾经跟着张翔教授学习过一段时间，是张翔教授的得意弟子。

李柯布犹豫了一下，接通手机。

"喂，柯布，大好事，"张翔教授兴冲冲地说，"三天后在大西洋上，有一个科技博览会，你一定要来参加。我有一项重大的科技成果将要公布，到时候，我有个很重要的任务要交给你！"

"什么任务？"

"你来了就知道了。我马上把邀请函和机票发给你，你一定要来啊！"

恩师盛情邀请，李柯布怎好拒绝：

"好的。老师这么高兴，到底是什么重大科技成果啊？难道跟'超级代码'有关？"

"暂时保密！"

第一章 "超级代码"

地下，某秘密实验室。

"大数据，真是个好东西！"一个坐在轮椅上的身影说，"原来，李柯布喜欢这个类型的女孩。"

他面前的电脑屏幕上，呈现一个年轻女人的半身照片。这是从海量的数据库里，经过层层筛选精心挑选出来的照片。她略带点混血儿的面孔，具有西域女孩的神秘气息，眼睛大而明亮，面容姣好，嘴唇饱满、性感。这样的女孩，一看就很聪颖、能干，具有无穷的魅力。

他想查看女人的信息，但是此人所有的信息都被加了密，图片似乎是来自一个秘密档案。不过这难不倒他。他黑进了秘密档案里，得知年轻女子原来曾是国安部的一名特别行动员，名叫杜小娥，但两年前在执行一项秘密任务时不幸牺牲了。

"可惜呀，英年早逝。"轮椅上的人略带惋惜地摇摇头，把她的所有数据拷贝下来，再利用人工智能为她建造了一个3D数字模型，并为她编写了一份详尽的身份设定。最后，把这些数据输入人体打印机里，进行打印。

很快，一个跟杜小娥一模一样的女孩，被打印了出来。她的肌肤细腻而逼真，富有弹性，与真人无异。

"给她取个什么名字呢？"轮椅上的人一边为她穿上衣服，一边自言自语地说，"叫妮娜吧，妮娜这个名字不错。"

一切准备就绪，就等她的意识复苏了。

女孩躺在实验床上，眼皮动了动，缓缓睁开眼睛。

女孩惊愕地打量着眼前的一切，神情有些恍惚。她看到一个坐着轮椅的老人，正在慈爱地看着她。

"我这是在哪儿？"她坐了起来。

"妮娜，你醒了？感觉怎么样？"轮椅上的老人关切地问。

她的记忆渐渐清晰起来，她记起了他。"教授，我这是怎么啦，我怎么会躺在这里？"

"你可能是太劳累了，刚才做着实验，突然就晕倒了。你不要紧吧？"

"不要紧。我现在已经没事了。"妮娜从实验床上下来，"对不起，教授，让您见笑了。"

在她的记忆里，她从很小的时候就是一个孤儿，是父亲的一位同事一直资助她的学业、生活，收养了她，把她当女儿一样看待，才让她避免被送进孤儿院。后来，她成为国安部的一名特工，但在执行一项秘密任务时犯了错被开除。此后，这位教授就把她留在身边担任自己的助理，进行一些生物科技研究。

"你先好好休息一下，过两天，我们要去参加一个重要的科技博览会。到时候，会有世界各个领域的著名科学家参加，而你，将执行一项秘密的任务。"

"什么任务？"

"我要你接近一个年轻科学家，他叫李柯布。其他的，我会慢慢告诉你。"

"好的，教授。"

"回房休息去吧。好好准备一下。"

妮娜站起来，凭着脑中模糊的"记忆"，回到自己的房中休息。

两天后，一架超声速20专机飞向大西洋。

此刻，飞机正飞越一片冰原。李柯布望着下方白茫茫的大地，心中一阵感慨。他知道，下方并非北极或南极，而是欧洲大陆。

这年入冬以来，天气格外冷，冷得出门在外哈一口气都结成白雾。他从未经历过如此严酷的寒冬，要说像他这样活了这么长时间，又全世界旅居的人，什么样的寒冷没见过，但在他的印象里，如此寒冷的冬天，还的确是头一次遇到。

李柯布感觉头有点晕，知道自己低血糖的毛病又犯了。可能是因为身体代谢过快，也可能是经历过多次战争的摧残，他有点低血糖。他掏出随身携带的巧克力，吃了几块，感觉好多了。他拉上窗帘，关掉座椅上方的灯，闭目养了一会儿神。

闭上眼睛，却又睡不着。李柯布睁开眼，打开椅背上的液晶屏，浏览最近的新闻。到处都是寒潮袭击下的各种受灾消息，就连热带地区都有冻死的人。亚洲、美洲、中东地区，很多地方因为饥饿引发骚乱，甚至爆发战争。他看了一会儿，心情更加糟糕，于是把液晶屏关掉，拉开窗帘，将目光再次投向窗外。

飞机已越过冰原，翱翔在一望无际的大西洋海面上。天气晴好，碧空如洗，天空和海洋一片蔚蓝，令人心旷神怡。然而，让所有人都意想不到的是，地球上每个人的噩梦，即将来临。

海面上，一艘超级豪华的核潜艇进入李柯布的眼帘。这艘核潜艇，足有十五艘航空母舰那么大，仿佛海中的一座小岛。在他看不到的地方，还有一个生活着一万多种动物的微缩动物园，两万多种植物的"海上花园"，堪称一个移动的"超级生物圈二号"。

飞机在核潜艇的专用机场上降落，李柯布很远就看到张翔教授站在核潜艇的入口处，热情招呼着前来参会的来宾。

见到李柯布过来，张翔立即远远地向他招手。

"老师，好久不见！"李柯布走向张翔。

几年不见，张翔的容貌并没有多大改变，精神依然是那么矍铄。他中等身材，衣着简朴，嘴唇上的浓密胡须和一头蓬乱白发，让他看起来与爱因斯坦有几分相似。在李柯布看来，张翔把自己的一生都奉献给了科学研究，几十年如一日，这一点让他敬佩不已。

"柯布，咱们终于又见面了！"张翔满脸笑容，张开双臂与他的学生来了个热情的拥抱，"你看起来还是那么年轻，没什么变化。怎么样，最近每天还编代码吗？"

"没有了，我现在主要是在剑桥大学，做一些与人类基因和衰老有关的研究。"

"我们人类的生存问题都还没解决，研究衰老这个话题，好像有点奢侈啊。"张翔风趣地说。他领着李柯布向会场走去："这边走，咱们边走边聊。"

李柯布看着核潜艇上豪华的设施，感觉有些不解。为什么这个科技博览会，要在大西洋的核潜艇上召开？另外，张翔教授又是从哪里找来这么大一艘核潜艇的？

面对李柯布的疑问，张翔解释说，他选择在大西洋的核潜艇上举办这次博览会，是因为展出的科技成果涉及很多机密。"这艘核潜艇是多个国家合作秘密制造而成的，长两千七百米，宽五百米，可以容纳十万多人呢。"

如此巨大的核潜艇，李柯布就算见过很多世面，也不禁咋舌。

他们走进宴会厅。来参加博览会的，都是各个科研领域顶尖的人物，平时都难得一见。此时大家都举着红酒杯在宴会厅里热烈地交谈着，表达着各自的最新见解。看到张翔走过来，这些科学家纷纷举杯向他致意。

博览会的开幕式，由张翔主持。

"感谢大家能在百忙之中，参加本次科技博览会。"张翔拿着一杯红酒站在会场中央，侃侃而谈，"此次博览会的内容，我想一定不会让大家失望的。在这里，各位不仅可以了解到近几年的最新科技成果，以及一些新的研究方向，还可以领略前沿科技为生活带来的各种便利。当然，我知道大家此次到访最重要的目的，就是想参观迄今为止，世界上运行速度最快的量子计算机。"

会场上响起了一片善意的笑声。

"下面，女士们，先生们，现场的各位来宾，请举起你们手中的酒杯，让我们共同祝愿此次博览会取得圆满成功！"

张翔举起酒杯，一饮而尽。

现场响起了热烈的掌声。

张翔回到餐席上，李柯布举着酒杯走了过去："老师真是风采不减当年，就像给我们讲课的时候一样，幽默风趣。"

"不行了，老了，将来的世界还得靠你们这些年轻人。"张翔说。

这时，一位名叫乔伊斯的量子计算机专家冲到张翔面前，神情激动地表示，爱因斯坦到死都不相信幽灵般的超距作用，量子通信卫星却将科幻变成了现实。通过它，哪怕两地相隔十万光年，也能瞬间传达信息。但是量子计算机的研发，比起量子通信卫星的研制难度来，要大几十倍。它需要解决超导材料的制备、材料与设计引起的比特退相干、量子纠错、量子算法优化等多个世界性难题。他不明白，张翔的团队究竟是怎么做到的？

张翔正要回答乔伊斯的疑问，突然被一个老者的声音打断：

"老实说，我对你研发的量子计算机持怀疑态度。虽然它可能像你说的，运算能力很强大，但是它稳定吗？"

一位坐着轮椅、头发花白的老人，一手端着酒杯，一手遥控轮椅缓缓开过来。他的身后跟着一男一女两个年轻人。那男的李柯布认识，是国大外星生物研究所的王天亮教授，他们以前一起参加过一些生命科学会议。

很显然，坐轮椅的老人与张翔的关系很好，一来就拿张翔开涮，丝毫不介意周围来宾的目光。

张翔一看到那人，就笑了。他先安排刚才提问的乔伊斯去用餐，许诺晚上再和他好好聊聊，然后带着李柯布走向吴恒。

"兄弟，我就知道是你，这么多年了，还一直不忘拆我的台。"张翔向李柯布介绍那位轮椅老人说:"这位是著名的天体物理学家,也是生物学家——吴恒教授,宇宙中没有他不知道的事。"

随即,张翔又向吴恒教授介绍:"这是我的学生李柯布,世界顶级的程序员,为数不多的可以编写量子计算机代码的天才,跟我学习过量子物理和量子计算机的理论知识,现在在剑桥大学做人体基因的研究,前途无量。你们都在研究生物,应该有很多共同的话题。"

"您好,吴恒教授!你好啊,王教授,好久不见!"李柯布赶忙走上前去,与吴恒、王天亮握手。

"你好,李教授!"王天亮很高兴地与李柯布握手,"没想到,在这里又见面了!"

"怎么,你们认识?"吴恒诧异地问。

"是的,我们以前一起参加过一些生命科学会议,还说好要合作破译人体基因密码的。"李柯布说,"王教授还没忘记吧?"

"当然没忘,有机会,我们好好合作合作。"王天亮说。

李柯布看了一眼王天亮身边的妮娜,问道:"这位是?"

其实李柯布在跟王天亮寒暄的时候,目光就被他身边的妮娜吸引。她年轻、漂亮,看起来很面熟,似乎在哪里见过,但李柯布想不起来。妮娜浑身散发出一种西域女孩独特的气质，这种神秘的气质深深地吸引了他，让他有种说不出的亲切感。

"哦，这是我的助理妮娜。"吴恒笑着向李柯布介绍，"她跟着我搞生物研究没多久，今后还得多多向你请教。"

"是啊，李柯布教授，久仰您的大名。我对量子计算机编程语言也非常感兴趣，希望今后能有机会向您多多请教。"妮娜一直在好奇地看着李柯布，目光主动而热烈，"您真厉害，这么年轻，就与张翔教授研发出了量子计算机，真是太了不起了！"

年轻？李柯布在心里笑了笑。我可不年轻，我已经五百多岁了。如果不是拥有不老的容颜，花白的胡子都能长到地上。

"你过奖了。"李柯布越发对面前这个年轻女子产生了好感。他握住妮娜伸过来的手，感觉这只手就像是一块上好的羊脂玉，冰冰凉凉的，让他一时间有点愣神。他有些神情恍惚地说："欢迎多交流。"

"李柯布，好小子，"吴恒赞赏地看着李柯布，"听张翔说他搞的量子计算机，有你的功劳？"

"没有没有，我当时只是帮张教授查了些资料，在他的指导下，用Silq第7代语言编写了一些代码。在量子物理研究的领域，我还差很远。"李柯布谦虚地说。

"我正想请教一下，您是怎么理解Silq第7代语言的？"妮娜机敏地接下李柯布的话头，眼神中充满了崇拜的神情。

"Silq这种新兴的量子计算编程语言，相对一些传统的量子编程语言来说，更加直观和易于理解，也更具表现力，这意味着它可以用更少的代码描述更复杂的任务和算法。此外，Silq具备条件操作的能力，这是传统量子编程语言中所缺少的，也更易于程序员使用。"李柯布目光有些闪躲，不敢直视妮娜的眼睛，"但是这需要一定的量子力学和高等数学知识。我只是很幸运而已，恰巧跟着张翔教授学习，沾了他的光，学习了这方面的知识。你还是请教张翔教授更好，他才是这方面的权威。"

"量子这个东西，就像玻尔说的那样，谁要是第一次听到量子理论时没有发火，那他一定是没有听懂。"张翔说。

妮娜"扑哧"一声笑了。

这天参会的都是各个领域的杰出代表，年龄都不小。现在一个如此年轻、漂亮的女子身处其中，与周围的人显得有些格格不入。

张翔话题一转，对吴恒说："兄弟啊，我可要批评你了，你堂堂一个生物学家，克隆出那么多的动物，为什么不为自己克隆一条腿呢？否则也不至于沦落到坐轮椅这种地步吧？"

"我觉得坐轮椅挺好啊，还省得走路了。"吴恒抿了一口酒，"不过话说回来，我还真想为自己克隆一条腿呢，但你也知道，人体克隆在国际上是严厉禁止的。另外，我还没考虑好，是在猪的身上克隆好呢，还是在牛的身上克隆好？"

周围的人都大笑了起来。

"很抱歉得知你实验室发生意外，没能及时去看望你。"张翔带着歉意地看着吴恒。

"唉，别提了，那次实验室意外爆炸，差点要了我这条老命，"吴恒苦笑着说，"能活着，已经是奇迹了。"

李柯布对这些老科学家充满了敬意。他们每个人为了科学研究，都到了忘我的地步。

"对了，我上次送你的最新研发出来的药物，你用了吗？治疗你的腿伤，应该有效果吧？"张翔问吴恒。

"用了，效果不大。"吴恒无奈地摇了摇头。

李柯布看了一眼吴恒的腿，露出怜悯的表情。

张翔看到妮娜、王天亮等一些人还在等着他解答有关量子计算机编程语言的问题，于是走到量子计算机操作台前，一边启动量子计算机，一边继续说："量子计算机，就像神在掷骰子，每一种可能性都同时叠加存在。简单来说，量子计算机就是应用了这个原理，所以我给这台量子计算机，取名为'超级代码'。"

一些来宾发出恍然大悟的声音。

"原来如此！"

"神在掷骰子，这个比喻太妙了！"

"'超级代码'，这个名字有意思！"

更多的来宾鼓起了掌。

"这就是您和张翔教授一起研发的那台量子计算机？"妮娜问李柯布。

"是的。"李柯布打量着"超级代码"。现在的它更完美了——要知道，几年前李柯布与张翔一起研发这台量子计算机的时候，它只不过是一大堆的晶体管、集成电路板和无数杂乱无章的电线。如今，它优美地悬挂在大厅中央，像一个倒挂着的圆弧玻璃吊灯，有着非常优美的弧线，深蓝色的内部仿佛幽深的大海，深不可测。量子计算机最上方，还有一个圆弧形的显示屏。

"它真漂亮！"妮娜赞叹地说。

"它不只漂亮，还有非常恐怖的运算能力。"李柯布眼里闪过一丝恐惧，"而且，它的思考能力……远超人类。"

李柯布永远忘不了，他与张翔一起研发"超级代码"量子计算机时，为"超级代码"进行图灵测试的那段经历。那是他对"超级代码"量子计算机深感恐惧、坚决退出张翔研发团队的真正原因。当时他怀疑，"超级代码"量子计算机，可能产生了自我意识。

所谓图灵测试，是由英国数学家和计算机科学家艾伦·麦席森·图灵，在1950年提出的一种测试机器是否具备智能的方法。其核心思想是，假如一个机器能够在对话中表现得与人类难以区分，那么，这台机器就可以被认为具备了智能。

对"超级代码"量子计算机进行图灵测试，虽已过去好几年，但在李柯布脑海里，依然仿如昨日。当时，李柯布感觉与他进行对话的，似乎不是一台机器，而是一个人，一个有思维的人。他怀疑"超级代码"已经产生了自我意识，于是去找张翔教授，要求立即停止"超级代码"的研发。但彼时张翔为研发这台量子计算机，耗费了多少心血，哪里可能说停止就停止。张翔认为"超级代码"具有超强的运算能力，能体现出与人类相当的智能水平，这无可厚非，但这与是否具有自我意识，是两码事。还说李柯布可能是太过紧张、劳累，才产生了幻觉。李柯布见无法说服张翔，愤而退出研发团队。

"超级代码"正在启动时，库巴将军急匆匆地过来，对着张翔耳语什么。

张翔皱了皱眉，随即点点头，微笑地对大家说："很抱歉，我临时有点急事需要去处理一下，下面由我的一位学生——英国著名的量子计算机专家，同时也是'超级代码'的研发者之一，尼克教授，来代我向大家介绍。"

张翔说完，对坐在旁边的一位年轻科学家招了招手。那位叫尼克的年轻科学家愣了一下，站了起来，走到"超级代码"旁："好的，下面由我来为大家介绍'超级代码'。"

张翔与库巴将军匆匆离开。

这时，"超级代码"已经启动完毕。

"你好，欢迎使用'超级代码'。""超级代码"传出电子合成的声音。这声音细细听来，挺像是张翔的声音。

尼克拿起话筒，为大家进行介绍，"超级代码"量子计算机中信息的基本单位是量子比特，多个量子比特纠缠在一起，在计算的时候量子比特既是零也是一，这种独特的并行计算，是经典计算机无法比拟的。另外，并行计算不仅在存储容量上远超越了后者，读取速度也很快，多个读取和计算是可以同时进行的。无数种排列组合的量子比特信息，可以模拟一切的随机可能。因此，"超级代码"可以最大限度地模仿人脑，甚至给出未来事件的预见性结果。

"哇，那岂不是跟人一样了？"妮娜问李柯布。

"是的，在一定程度上，可以这么说，甚至远远超越人脑。"这正是李柯布所担心的——科技越强大，他就感到人类越渺小，甚至有些不祥的感觉。这也难怪，五百多年来，他经历了太多的人类战争：甲午战争、第一次世界大战、第二次世界大战、海湾战争、阿富汗战争……科技在战争中的作用越来越大，甚至成为战争胜负的最关键因素。科技一直在进步，对于人类来说，这既是好事，也是坏事。

"既然'超级代码'这么厉害，那它会不会产生自我意识呢？"妮娜又问。

"这也正是我担心的地方，"李柯布忧心忡忡地说，"我当初就是怀疑'超级代码'产生了自我意识，才退出老师的研发团队的。我以为，老师会停止'超级代码'的研发，可没想到，老师不但没有停止研发，还让它更加完善了。"

"啊？"妮娜惊愕地说，"那会不会有什么危险？"

"不行，我得找张教授说说。"李柯布扭头看了一下张翔离开的方向，跟了过去。

吴恒对妮娜递了一个眼色。妮娜会意，跟上李柯布。

监控室里，张翔和库巴将军盯着监控屏幕，反复观看一段视频。视频里，一个黑影闪过，速度很快，模样像是身穿黑色紧身衣的蒙面人，但由于速度太快，又处在黑暗中，看得不是很清楚。

"你怀疑，核潜艇里混入了间谍？"张翔皱皱眉。

"是的，要是我们的计划泄露出去，会引发世界恐慌的。"

库巴将军神色严峻地说。

"好好查一查,一定要把这个人找出来!"张翔显然意识到了问题的严重性。

就在这时,李柯布和妮娜闯了进来。

"老师,您怎么还是把'超级代码'研发出来了?"李柯布神色紧张地说,"我当初不是告诉过您,'超级代码'可能产生了自我意识,让您停止'超级代码'的研发了吗?"

"呵,柯布啊,"张翔和颜悦色地拍了拍李柯布的肩膀,示意他不要紧张,"你当时提的那个问题,我非常重视。这次邀请你来参加博览会,就是想当面感谢你呢。"

李柯布有些不知所措:"感谢我?"

"是啊,正是基于你当时对我的提醒,我才成功研发一项重大成果——如何发现人工智能产生了自我意识。这也是我在这次科技博览会上将要发布的重大成果。"

张翔指了指门口,对李柯布和妮娜说:"走,我们回会场去,边走边说。"

三人向会场走去,张翔继续说:"为了检测'超级代码'是否产生了自我意识,我特意在源代码中,增加了一段自我检测程序,一旦'超级代码'产生了类似自我意识的思想,就会触发警报,而我,将第一时间收到这个警报。"

张翔举起了自己的手机:"但是,几年过去,至今我还没有收到这个警报。所以,你们尽管放心,就算人工智能会产生自我意识,我们也能在第一时间知道,避免引起不良后果。"

"原来如此!"李柯布听完,恍然大悟。人工智能自我意识检测程序,自己怎么没想到这一点呢?想想自己对"超级代码"的反应,的确有些过激了。他不由得更加钦佩张翔,由衷地说:"还是老师厉害,想出这么绝妙的解决方案。"

"张教授太棒了,这的确是个划时代的成果!"妮娜也赞叹地说。

三人回到会场里。这时,尼克正在操控"超级代码",在弧形屏幕上呈现张翔利用"超级代码"解决社会各领域的一些重大问题的画面,包括成功预测几次大型地震,让数十万人幸免于难。

众来宾注视着"超级代码"的弧形大屏幕,不时发出一阵赞叹。

张翔接过尼克手里的话筒,对"超级代码"输入一段指令。这时,大厅里的灯光突然暗了下来。"超级代码"的弧形屏幕上,出现了一片白色——那是一块巨大的冰面。

众来宾面面相觑,不明所以。

"各位,其实这次博览会,除了让大家聚一聚、叙叙旧、发布一些新成果，还有一个最主要的目的，"张翔环视在场的科学家们，神色开始严峻起来，"诸位都是我们精心挑选的全世界各个领域顶尖的工程师、生物学家、物理学家、环境学家等，我想请大家一起，来应对当前人类面临的一场空前危机。"

他的话吸引了在场所有来宾的注意。一些来宾停止交谈，纷纷看向张翔。

张翔神色凝重，缓缓说道："大家可能还不知道，人类正在面临一场空前的灭顶之灾。而在座的两千多位科学家，就是全世界的希望。"

第二章　人类末日

宴会厅里一片哗然。

李柯布没想到,这次博览会,竟会提出如此严峻的话题,关乎整个人类的命运。

随着张翔的讲述,屏幕上展现了"超级代码"推演的不远的未来:南北极冰川不断融化,引发一系列蝴蝶效应,全球气温受之影响在逐渐降低。随后,全球进入冰河世纪,地球表面包裹着一层连阳光都无法融化的厚厚的坚冰。无数的动植物,包括大多数人类都走向了死亡。

很显然,人类现有的资源,不足以支撑全人类度过这个历史上最漫长的寒冬。

"这就是'超级代码'推演的地球不远的未来。"张翔面色沉重,与之前有说有笑的状态截然不同。

李柯布很少看到张翔如此严肃,严肃得让他感到有些害怕。

"人类不断破坏环境,大量排放二氧化碳,引发温室效应,导致全球气温升高,两极冰川融化,也加速了冰河世纪的到来。"张翔说,"这就是多个国家联合秘密打造这艘巨无霸核潜艇,找来诸位一起应对这场灭世危机的原因。"

张翔停了停,继续沉重地说:"正如我刚才所说,在座的各位,就是全世界的希望。"

"既然'超级代码'这么强大,能够推演出人类的未来,那么它应该也能够找到解决灾难的办法吧?"吴恒疑惑地问。

"'超级代码'给出的解决方案,就是我们现在正在做的。"张翔说,"把全世界最优秀的科学家,集中到这艘能容纳十万人的核潜艇里,一起解决这次危机。"

妮娜也不解地问:"既然'超级代码'解决问题的能力那么强,还要这两千多位科学家做什么呢?"

不少科学家赞同妮娜的质疑,纷纷附和。

"'超级代码'再强大,它也只是科学家使用的超强工具而已。"张翔解释说,"我们这些天才的创造力和解决问题的思维方式,是'超级代码'所不具备的。它只会执行我们的命令。我明白大家的疑虑,不过解除危机的方法,是经过我们反复论证的。目前,这样做是最佳的解决办法,而且得到了各国首脑的认可和支持。我们已秘密成立了世界联合政府,来指挥和监督任务的完成。"

众来宾都很吃惊，纷纷议论起来。

"我们真的要潜入大西洋底吗？"

"那外面的人怎么办？我们的家人怎么办？我们不管他们了吗？"

"这哪里是解决办法，这简直就是在躲避问题！"

"就是！躲起来，就能解决问题吗？"

……

"诸位，请安静！"张翔提高嗓门，"我知道大家一时难以接受，但这就是很现实的问题。事实上，我们已无法阻止这场灾难的来临，一切都已经来不及了，我们错失了仅存的补救机会。这是没有办法的办法。"

李柯布这才有所意识，虽然现在已临近五月份，但是寒冷的天气并未改变。

看来，大家等待的春天，不会再来了。

"这也是我们最不想看到的结果，"张翔接着说，"这么美丽的星球，竟然在短短的一两百年时间里，被破坏成了这样。1930年12月，马斯河谷烟雾事件中，大量有害气体积累在近地大气层，对人体造成严重伤害。这是发生在上世纪的有最早记录的环境破坏事件。1952年，伦敦发生了严重的烟雾事件，罪魁祸首是燃煤排放的粉尘和二氧化硫。烟雾逼迫所有飞机停飞，白天汽车开灯行驶,行人走路都困难……"

张翔继续痛心疾首地说:"类似的例子太多了,每次的环境事故都让数以千计的人死于非命。除了人死不能复生之外,对环境的破坏也无法估量。环保总是一句口号,很少能转化为实际行动。这些,吴恒教授应该最清楚了。他曾经出版过一本著作,叫《最后的人类》,可惜从来没有引起大家的重视。"

吴恒点点头,随后又有些无奈地摇摇头。

《最后的人类》是吴恒于2030年出版的一部预言体小说。二十一世纪中叶,人类文明将达到前所未有的高度。科技的飞速发展带来了巨大的物质财富,但也付出了惨重的环境代价。森林被砍伐,河流被污染,空气中弥漫着有毒气体。气候变化导致极端天气频发,海平面上升淹没沿海城市。然而,大多数人仍然沉浸在繁荣的假象中,对即将到来的危机视而不见。环境恶化开始反噬人类,粮食减产导致全球饥荒,水资源和生产资源短缺引发战争,空气污染造成呼吸系统疾病肆虐。人类社会陷入混乱,政府崩溃,法律失效,暴力横行。幸存者被迫躲进地下避难所,依靠残存的资源苟延残喘。一小群科学家意识到,人类唯一的出路是修复被破坏的环境。他们利用基因技术培育出能够净化空气和水源的植物,并开发出能够吸收二氧化碳的新型材料。然而,他们的努力为时已晚,地球生态系统已经崩溃,无法逆转。最后的人类在绝望中死去，地球变成了一片死寂的荒原。曾经繁华的城市被风沙掩埋，曾经生机勃勃的森林化为灰烬。只有那些被基因改造过的植物依然顽强地生长着，仿佛在诉说着人类曾经的辉煌和愚蠢。

"《最后的人类》这本著作出版时，大家都觉得吴恒教授的想法过于偏激，有失公允。但是实际上，那本书也很大程度地预见到了现在的情况。所以，就像'超级代码'的推演结果那样——"张翔说到这里，看了一下屏幕，长叹一口气，"无解。"

"无解"这两个字说出来的时候，声音很小，却像一记千斤重锤，击打在每个人的心上。

这是人类最悲哀的叹息。被一个人工智能宣告无解，就像是给人类几千年来发展形成的文明，判了死刑。

这一次没有任何质疑，现场一片死寂。

而这种死寂，是在场所有人可以发出的最后哀叹。

这样的沉默足足持续了好几分钟。突然，人群中有人弱弱地问："我可以给家里打个电话吗？"

不少人也将目光投向了张翔。

"不能。"张翔断然地摇摇头。

的确，在这样紧急的状况下，张翔以参加博览会的名义邀请大家来到这里，是因为这个事情，需要高度保密。事情一旦泄露,必然会引起全世界的恐慌,而恐慌本身就可能是一个更大的灾难。

"现在,这艘核潜艇已经潜入海里,正在不断下潜中。"张翔神色严峻地说,"我们已远离陆地,驶向公海,所以很抱歉,大家已无法离开这里。"

早餐的时候,李柯布、妮娜跟着张翔、吴恒、王天亮走进餐厅里。看得出来,早餐是根据营养的需求精心准备的,只不过,很多人都兴味索然,没有什么胃口。

餐厅里气氛压抑,张翔试着说一些风趣的话,但是没人笑得出来。除了他们几个看起来比较镇定之外,其他的人都非常焦躁。一个无线电专家还在尝试着用自己的手机连接网络信号,然而在宽阔的大海深处,这么做显然没有什么结果。

突然,邻桌的一个叫克劳德的土木工程师,发疯似的将手中的叉子刺向工作人员。"我的孩子马上就要出生了,我要回去看我的孩子!"他歇斯底里地大喊大叫,让工作人员放他出去。

一旁的军方联盟代表库巴将军走过去,一把夺过克劳德的叉子,扬起手,一记耳光重重地打在他的脸上。

"克劳德先生,你现在就算回去,又能如何?"库巴将军一把抓住克劳德的衣领,一个大男人就这样像老鹰抓小鸡一样,被他拎了起来,"我们的地球都快没有了,你的孩子还能活多久?"

"可是,最后的时间,我想和我的妻子和孩子一起度过。"克劳德哀号着,"我不想参加这个计划,来的时候,你们根本就没有征询过我的意见,你们就是在骗我!"

他的话音刚落,库巴将军又一记重拳打在他的脸上。

"你记住,克劳德先生,这不是请求,而是命令!我不需要问你是否愿意,不会像你老婆每天早上,问你要吃什么一样磨叽!"库巴将军回过头来,示意周围的护卫队员把克劳德带走,关到禁闭室去。

护卫队员走过来,将克劳德拖走。

库巴将军转过身,威严地对大家说:"诸位,克劳德先生因为在这里出现的极端行为,将要在禁闭室里待上一段时间。这种监禁,将会持续到他认清现状为止。另外,为了避免消息泄露出去引发人们的恐慌和社会动荡,我们在核潜艇上开启了信号屏蔽仪。除了我们军方,没人有权利向外界发送任何消息!"

"没错,"张翔站了起来,对库巴将军点了点头,然后对大家说,"正像库巴将军说的那样,这不是请求,而是命令。这艘核潜艇,高度模拟了地球环境,这也是你们能看到各式各样的生物展示厅、气候展示厅、地貌展示厅的原因。这里就是微缩版的地球,是我们的'挪亚方舟'。同样,这里也有微缩版的人类社会,一样具有人类社会当中的上层建筑、国家机器,比如说护卫队、监狱。所以,就算你不愿意,恐怕也没得选择。"

张翔说完,扫视了一下人群。不知道为什么,他在看到李柯布的时候,目光停留了片刻。

李柯布觉得,老师突然变得陌生了,之前的张翔不是这样的。之前的老师幽默风趣,待人随和;而现在的他,让人感觉有点冷酷无情。

这个张翔,真的是他认识的那个张翔吗?

这时,二十多位科学家站了起来,走向张翔。其中一位科学家,竟是尼克。

"你们想干什么?"库巴将军厉声质问他们。

张翔摆了摆手:"让他们说。"

"张教授,我们想让'超级代码'再推演一遍,可以吗?"尼克说。

"你们怀疑'超级代码'会出错?真是笑话!"张翔对尼克怀疑"超级代码"感到有些意外,也有些失望。他以为尼克跟他研发"超级代码"多年,会全力支持自己呢。"尼克,你也是'超级代码'的研发者之一,你知道,它出错的概率,几乎为零。"

"我知道,但是我并不知道'超级代码'推演的这个未来。我们只是想再看一遍推演的过程,没有别的意思。"尼克说,"如果推演的结果还是那样,我们就遵从您的计划安排。"

李柯布走了过去,对张翔说:"老师,这几位科学家的怀疑也是有道理的,毕竟只看到这么一个结论,换作是谁都会有些怀疑,更何况他们是顶尖的科学家。反正我们现在有的是时间,让他们看看也无妨。"

吴恒给妮娜递了一下眼色,她也走了过去。

"就是,"妮娜撇撇嘴说,"凭什么你说什么,就是什么?这么重大、关乎人类命运的决定,大家当然有质疑的权利了。万一哪个小细节出了差错,这么多顶尖科学家要是有人能够及时发现,不就能够得出不一样的结论了吗?"

张翔看看妮娜,走到李柯布面前。

"好吧,"他说,"我正要宣布,授权李柯布教授负责操控'超级代码'。那就让他代我操作,给大家再推演一遍吧。"

李柯布有些惊讶地说:"老师,这么重大的使命,我无法担当啊。在座至少有一百位量子计算机方面的专家,还有尼克教授,哪个都比我有名,而且我已经有段时间没有编写代码了。"

张翔笑了笑,拍拍李柯布的肩膀说:"柯布啊,你知道吗?在我的学生中,我最信任你。你不仅和我编写了'超级代码'

最早的源代码,你也是最了解'超级代码'的。你就辛苦一下,替我操作'超级代码',为大家推演一下吧。"

"我陪着你。"妮娜自告奋勇地对李柯布说。

李柯布有些感激地对妮娜点点头。他与妮娜一起带着这些持怀疑态度的科学家,跟着张翔来到"超级代码"前。

"启动'超级代码'。"张翔说。

"超级代码"的弧形屏幕出现了一串串绿色数字流:"'超级代码'已开启。欢迎你,113。"

113?大家都不解地望着张翔。

"哦,这是我给自己取的一个代号。"张翔解释说。他把李柯布拉到身边,对着"超级代码"说:"我授权李柯布教授操作'超级代码',请进行验证。"

"好的,113。""超级代码"说。它扫描了李柯布的视网膜,授权成功。"李柯布教授,现在您可以操作了。"

"好吧,你们忙吧。"张翔说完,走出了房间。

第三章　海底计划

李柯布终于明白,妮娜为什么看起来那么面熟了。

她长得太像李柯布五百多年前的妻子伊依了:她们都长着一张西域女孩特有的面孔,精致的五官,一颦一笑都那么相似。这就是李柯布一看到妮娜就天然有种亲切感的原因。

妮娜主动提出陪李柯布一起操作"超级代码",为大家进行推演,让李柯布对她又增添了几分亲切感。

"你好,'超级代码',"李柯布说,"请把所有关于两极融化对地球气候、环境资源影响的相关信息和数据重新进行演算,我们想看看这场灾难会对地球、对人类造成什么样的后果,以及应对的办法。"

"好的,李柯布教授,请输入指令。""超级代码"说。

李柯布坐在键盘前,开始快速地敲击起来。

很快,大屏幕上出现几十页Silq第7代语言。

"指令正确。由于信息量和数据量异常庞大,处理这些信息和数据,并寻找解决办法,预计需要大约十个小时的时间。"

"没关系,我们可以等待。"李柯布说。

"超级代码"开始搜索信息库和数据库,对信息和数据进行处理、演算。弧形屏幕上出现一个个演示图。各种数据模型纷繁复杂,让人目不暇接。

李柯布和尼克等科学家紧紧盯着弧形屏幕,一刻都不敢离开,生怕错过每一个细节。

这十个小时里,他们除了上洗手间,吃住都在展厅里,没有离开一步。科学家们盯着弧形屏幕,李柯布不断地为他们解释着相关的Silq第7代语言。尼克坐下来在他的笔记本电脑上计算着关键数据,分析着每一个关键步骤。

妮娜则来回奔波、忙前忙后为大家运送饮料、餐食。她有时实在太困了,就蜷缩在李柯布身旁的沙发椅上睡一会儿,李柯布叫她回房间休息,她也不去。

吃晚餐的时候,尼克忍不住掏出手机,翻开电子相册里的全家福照片。李柯布在一旁瞥见了,问他:"女儿多大了?"

"上周刚过六岁生日。"尼克眼圈有些红地说,"本来我答应艾米,这周要带她去迪士尼乐园玩的。"

李柯布拍了拍他的肩膀,安慰他:"会有机会的。"

尼克从裤兜里掏出一枚纽扣,无比愧疚地说:"这是前几天临别前,艾米哭闹地抱着我,她的妈妈苏珊把她抱开时,她从我的衣服上拽下来的。我真的不是一个合格的爸爸。"

"我能理解你的心情。"李柯布吃完餐盘里的最后一口饭,起身回到弧形屏幕前,"所以,我们得盯紧'超级代码'了,我真希望它的预测出了差错,这样我们大家都可以早点回去,和家人团聚了。"

尼克点点头,把纽扣重新放回裤兜里,坐到他的笔记本电脑前,更加认真地计算着关键的数据。

"超级代码"重新推演的结果,终于出来了。

结果还是那样:随着两极冰川不断融化,全球气温逐步降低,地球全面进入了冰河时代,地球表面上覆盖着一层厚厚的坚冰。大量的动植物灭绝。资源急剧短缺,人造太阳的能源仅能持续运作半年至一年,就无以为继。

要知道,一个冰河期,可能会长达几十年、几百年、几千年、几万年甚至数十万年。地球上的资源,不可能让人类熬过这么漫长的时期,饿死、冻死的人不计其数。

人类无能为力,最终不得不走向灭绝。

李柯布和尼克等二十多位科学家都沉默了。

这时,张翔和一些科学家走过来。

"怎么样?这回大家相信了吧?"张翔说。

那二十多位科学家都沉默不语。过了一会儿,尼克开口问道:"那下一步该怎么办?有什么具体计划没?难道我们就一直待在这深海的核潜艇里,待在这挪亚方舟里吗?这似乎也不是个办法。"

"问得好,这就是我下一步要告诉大家的'海底计划'。"张翔说。

"海底计划?"科学家们面面相觑。

张翔转身对"超级代码"说:"'超级代码',请为大家介绍'海底计划'。"

"好的,113。""超级代码"在弧形屏幕上显示一些海洋影像图,介绍道,"我们通过仔细研究一些卫星拍摄的大西洋海洋影像图,发现在距离南美洲海岸线九百六十公里处的大西洋海底中,有一个疑似海底古文明的城市遗迹。那里有一片宽阔的盆地和很多古代建筑。由于那里位于海底火山口附近,温度比较适宜,所以我们就想到了修复海底建筑、建立海底居住城市的办法。"

"噢,这件事我知道,"尼克说,"我看到过媒体报道,有人利用谷歌地图找到了'失落之城'亚特兰蒂斯海底文明,也有说是玛雅文明的遗址。但是,随后谷歌公司辟谣了,说那并不是什么海底文明,而是一些看似海底城市遗址的网格线,只不过是海床数据采集船在数据处理过程中划过的声呐线而已。"

"没错。但如果不是那样辟谣,混淆视听,掩人耳目,恐怕这个海底文明遗迹,就保留不下来了。""超级代码"说,"请大家放心,我们已经利用更加先进的卫星遥感技术探测过那片海域,海底古代文明遗迹确实存在。我们的计划是,核潜艇找到海底文明遗迹以后,利用海底机器人对古代城市建筑进行修复,然后核潜艇上的两千多位科学家群策群力,把它改造成为可以居住的新的海底城市,从而使人类文明得以延续下去。"

弧形屏幕上出现了一些海底城市建筑设计模型,球状的、柱状的、管状的玻璃建筑造型新颖别致,很具未来感。绚丽的灯光效果下,那些模型俨然一座新型的现代化大城市,非常震撼人心。

"诸位,这些海底城市模型的设计师,就是这位著名的西班牙建筑艺术大师雅格先生,"张翔介绍起一位站在他身边头发凌乱,有着两条向两边蜷曲翘起大胡子的男子,"他是艺术大师毕加索的后裔。"

"这是一个伟大的计划,"雅格说,"我们绝对可以建造起一个超现实的、绝美的海底艺术城市,一点儿都不比在陆地上的城市差!"

"最重要的是,"张翔接着说,"如果这个海底城市建设成功了,各位,我们就可以把尽可能多的陆地上的人转移过来,到时候大家就可以和家人再度相聚了。"

展厅里响起了热烈的掌声。

不少科学家眼含热泪,长时间鼓掌,感到备受鼓舞。

"这个计划的确不错!"

"太好了,到时候我们就可以把家人接过来,与家人团聚了!"

张翔环视一下大家:"大家还有什么疑问吗?"

科学家们各抒己见,从自己的领域提出各种尖锐的问题。比如海底压力巨大,如何解决;海底氧气奇缺,怎样制造氧气;如何建造海底森林,建设海底生态群落;等等。

"诸位,我们之所以集结两千多位世界上顶尖的科学家先期建设海底城市,就是要让大家一起来解决这些难题的。"张翔说,"希望大家积极出谋划策,发挥各自的长处,在到达海底文明遗迹之前,我们能拿出一个可操作的、完善的海底城市建设方案,来延续人类文明。另外,大家不要忘记了,我们还有'超级代码',就算是遇到无法解决的难题,也不要气馁,因为'超级代码'可比我们顶尖科学家的大脑,还要聪明得多!"

李柯布看着张翔,由衷地敬佩。原来,老师已经计划好了一切。目前来看,"海底计划"的确是解决地表冰冻灾难的最佳方案了。人类文明，或许真的可以逃过一劫。

身边的妮娜却撇撇嘴，小声地嘀咕："吹吧，你就尽情地吹吧，反正，吹牛又不花钱！"

吴恒坐着轮椅和王天亮在一边默默地听着，这时让王天亮帮他掉转轮椅，推着他悄然离开。

不少科学家开始热烈地讨论海底城市的建设。

就在这时，尼克突然大叫起来："我不要去搞什么海底城市，我要回家！我的妻子苏珊、女儿艾米都在家里等着我，我要回去和她们在一起！就算是死，我也要和她们死在一起！"

他骂骂咧咧地向外走去："救生艇呢？救生艇在哪里？我要回家，我才不去什么该死的海底！"

一些科学家也跟着尼克向展厅外走去。

张翔对一旁的库巴将军递了个眼色。库巴将军点了点头。

"看来，是需要给他点颜色看看了！"库巴将军边说边向外走去。

"别动粗，好好劝劝他们，海底城市还得指望着他们建造呢。"张翔冲着库巴将军说，"我们都是一个团体，少了谁都不行。"

张翔说完，又和雅格等人继续讨论海底城市的建设。

李柯布此刻困得快睁不开眼睛了。他和那二十多位科学家熬了一夜，感到筋疲力尽。他和张翔、妮娜等人告别，回到自己的房间，倒在床上就呼呼大睡。

漆黑的禁闭室里，尼克蜷在角落，打开手机，翻看全家福照片。

他翻到一张女儿三岁时玩拼图的照片。艾米的身边散落着许多彩色积木，她当时举着一个新拼好的南极企鹅图案，眼睛张得大大地问尼克："爸爸，北极也有企鹅吗？"

他又翻到一张和妻子在实验室里的合照。那是十多年前的事了。当时，他就是在那间实验室向生物研究员苏珊求婚的。他还清楚地记得，求婚那天他紧张到打翻培养皿，苏珊则笑着把菌群图谱当成了婚戒。

尼克的眼睛又湿润了。他摸出裤兜里装着的实验室特殊激光笔，用它在禁闭室的舱门上烧出一个洞，打开了舱门。隔壁还关着克劳德等几位科学家，他把这些人都救了出来。

然后，他们几个人偷偷地溜进核潜艇的两艘逃生舱里，弹射出核潜艇。

就在两艘逃生舱急速上浮的过程中，突然，不知从哪里发射而来的炮弹将它们击中。

两艘逃生舱瞬间被炸得粉碎，变成无数碎片，消失在茫茫大海里。

李柯布不知睡了多久，一觉醒来，已是黄昏。他感觉肚子饿得咕咕叫，正想去餐厅，听见有人敲门。

李柯布打开门一看，是妮娜。

"睡醒了？"妮娜说，"先去吃点东西吧，吃完了我们到甲板上去走一走。核潜艇已经驶入了公海，现在浮上海面了，在换空气呢。张翔教授说，这可是下沉到海底之前的最后一次露面了。"

李柯布到餐厅填饱肚子后，与妮娜来到甲板上吹吹风。

这时，夕阳西沉，一轮红日挂在天边。水面被夕阳的余晖映照得通红，整个海面就好像熊熊燃烧的大火，如同末日景象。

也许，这一天过后，一切往事都将投入这个巨大的熔炉当中，归于沉寂。就好像庞贝古城在被火山灰烬毁灭之前一样，一切是那样祥和：陆地上的人们，上班族还在路上奔波，母亲刚刚吻过她熟睡孩子的脸颊……在他们看来，漫长的冬天毫无异常。因为他们还不知道，他们盼望的春天，永远都不会到来了。

同样地，用不了多久，寒冷也将会为这个世界打上一层滤镜，这层滤镜会把太阳的光芒过滤掉。最后熄灭的火焰，将是人们心中的希望。

李柯布情不自禁地伸出了手臂,尽情地沐浴着阳光。这是他在沉入海底之前,最后一次感受到来自太阳的温暖了。虽然核动力的热量,可以让深海中的这些人免受寒冷的侵袭,但是他知道,那终究不是太阳。

"你的家人呢?他们在哪里?"妮娜问道。

"我没有家人。"李柯布说,"我的父母早已不在了。"

家人这个词,对李柯布来说,已变得非常遥远。他早就记不起五百多年前父母亲的模样了。同样,要不是他看到了妮娜,他也差点记不起妻子伊依的模样了。

李柯布忍不住又看了一眼妮娜。

像,太像了。世界真的很奇妙,两个相隔五百多年的人,样貌、身高、性情,就连说话的神态,一颦一笑,一喜一怒,竟都那么相似。李柯布有种恍若隔世的感觉,虽然时光飞逝,但是伊依似乎从未离开过,一直陪伴在他的身边。

此刻,他死灰一般的心,犹如历经寒冬,遇到春天,悄然复苏。

"那你现在是一个人吗?我的意思是,你的妻子或女朋友呢?"妮娜继续问道。

李柯布耸耸肩:"我没有妻子,也没有女朋友。我做过检查,医生说我没有生育能力。所以,除非遇到一个不需要孩子的女孩愿意和我孤独终老，否则，我是不会找女朋友的。我怕害了人家。"

"对不起，提起你的伤心事了。"妮娜说，"我也没有家人，我是个孤儿，从小就跟吴恒教授在一起，是他把我抚养长大的。所以，吴恒教授就是我唯一的家人。"

李柯布没想到，这个看起来有些桀骜不羁的女孩，身世也是那么可怜。这更让他有种想怜香惜玉的念头。

"你也挺不容易的。"李柯布同情地说。

"我没事，早就习惯了，"妮娜轻松地说，"对我来说，就像现在，有吴教授在这里，又有你们这些顶尖的科学家陪着，我感到很开心。"

妮娜的话，让李柯布心里一暖。五百多年来，他一直压抑着自己的情感，专注于人类科技研究，极力避免与任何人发生感情纠葛，他的心早已麻木。他仿佛就是一个木偶人，孑然一身，没有情感，无牵无挂。但是现在，眼前这个女孩让他心跳加快，让他那颗冰冻的心融化开了。

"我也是，"他说，"和你们这些小年轻在一起，我也感到很开心。"

"小年轻？"妮娜笑着看了李柯布一眼，"说得好像你很老似的。"

夕阳的余晖洒在他们身上，尽管天气异常寒冷，他们却都感到很温暖，内心热血在不断翻涌。

李柯布不敢看妮娜的眼睛，转而注视前方。

海面上的风景很美，几只海鸟在阳光下飞舞，白色的羽毛格外耀眼。可惜的是，眼前的这一切，晚霞，阳光，蔚蓝的大海，以及无忧无虑飞翔的海鸟，以后再也看不到了——至少在沉入海底的这段时间里，他们将无缘再见。

妮娜突然狡黠地对李柯布说："走，我带你去一个地方！"

"去哪里？"

"去了你就知道了。"

妮娜带着李柯布进入船舱，然后沿着楼梯向下走，来到大厅的下一层。这里是一个更宽阔的大厅，生长着各种花草树木、菜蔬瓜果，生机盎然，俨然一个植物园。大厅中央上方，悬挂着一个巨大的圆球，散发出明亮的光芒，热气蒸腾。

"这里是核潜艇的核动力区，放心，没有辐射，辐射已经被屏蔽掉了，"妮娜说，"核动力区的核聚变反应堆里散发出来的光和热，正好可以为植物提供能量，让它们进行光合作用，而植物则为整个核潜艇上的人们提供氧气。船员们把这里叫作植物园，但是，我觉得，它更像是梦中花园，非常温馨，你不觉得吗？"

"嗯，这里真漂亮。"李柯布和妮娜徜徉在绿树丛中，"没想到这核潜艇上还有这么美好的地方，你是怎么找到的？"

"这是个秘密。"

"秘密？"李柯布惊讶地说。

"是啊。"妮娜说，"哎，实话告诉你吧，这里其实是张翔教授的私家花园。"

"张翔教授的私家花园？"李柯布以为自己听错了。在他印象里，张翔不像是那种会在乎物质享受的人。

"是啊，张翔教授独享这个地方。他只邀请吴恒教授来过，要不是我跟着吴恒教授，我哪知道在这核潜艇上还有这么好的地方！"妮娜撇撇嘴说，"他是不是很自私？"

"别瞎说，老师不是那样的人。"李柯布说，"也许是他害怕知道的人多了，大家都来这里，会破坏这里的植物。船上这么多人，都指望着这些植物提供氧气呼吸呢，这可不是闹着玩的。"

"咳，你只知道替你的老师说话，"妮娜摇摇头，"你太不了解你的老师了，他私底下，不知干了多少坏事呢！"

"这可不能瞎说，"李柯布说，"我跟张翔教授交往那么多年，我很清楚他是什么样的一个人。我非常敬重他，他一心扑在科研上，兢兢业业，做出多少贡献。我从来没见他做过什么损害他人的事。"

"算了,我不跟你争,免得扫兴。"妮娜在一棵结满果子的苹果树下坐下来,说道,"我只是提醒你,提防你的老师点儿,免得哪天他把你卖了,你还帮着他数钱呢。"

李柯布也在苹果树下坐下来:"我有什么好卖的?没名没利,又没地位,谁会稀罕我呢?"

妮娜扑哧一下笑了:"别把自己说得那么一无是处,你别忘了,你现在可是世界上除了张翔之外,第二个能操控'超级代码'的人哦。你不知道有多少人盯着这台量子计算机吧?说出来吓死你!"

"盯着'超级代码'?干什么呢?"李柯布奇怪地问。

"用处多了去了。不过有些事情,你不知道就算了,免得增添烦恼。"

妮娜仰头看着苹果树上的一个个青苹果,有些陶醉地说:"我现在,只想好好享受这里的美景,别的什么都不想。"

李柯布笑了笑,瞥了一眼妮娜。他实在是拒绝不了妮娜容貌对他的吸引,尤其是那对眼睛。在明亮的光线下,妮娜的眼睛呈现出一种极为纯粹的蓝色,就好像凝结的海水,那是一种天地间极为纯净的颜色。这一点,与伊依不一样。

"你害怕孤独吗?"妮娜突然问他。

孤独？李柯布哑然失笑。五百多年来，他最不缺的就是孤独。他早已经习惯孤独了："我不怕，你呢？"

"我也不怕。但是，我听吴恒教授说，现在还只是开始，真正可怕的是下潜到海底之后，我们会感受到根本无法想象的孤独。"妮娜若有所思地说，"人类毕竟是陆地上的生物，远离了陆地之后，就会变得没有安全感。"

妮娜说得没错。当核潜艇潜入深海以后，会断掉与外界的一切联系，成为自然界的一个体系。到那个时候，对核潜艇里的人来说，最可怕的不是水压，也不是死亡，而是孤独。大量的事实证明，当一个人长时间地被幽禁在一个地方，是很容易被逼疯的。沉入漆黑一片的海底当中，不要说一两个月，就算是几分钟，都会让人感觉很煎熬。估计很多人，会因此患上幽闭恐惧症。

"想想我们要在海底那样暗无天日的环境中，待很长的时间，真不知道我们能不能坚持下来。"妮娜担忧地说。

"没问题的，"李柯布说，"有这么多人陪着，怕什么呢？"

妮娜笑了笑，点点头。

第四章　生死博弈

乔伊斯睁大双眼，盯着头顶白色的钛合金舱壁，直到凌晨五点都没有一点睡意。

一连好几天了，都是这样。晚上睡不着，白天萎靡不振，毫无精神，生物钟完全紊乱。

有的时候好不容易睡着了，却又噩梦连连，总是梦到无边的黑暗像沥青般从四面八方涌来，席卷着他、挤压着他，将他拽向更深处的黑暗。黏稠的黑色液体钻进他的鼻腔，让他感到无法呼吸。他想大声呼喊，却发不出声音。无数只黑色的手从旋涡里探出，向他伸来，手指末端竟生出章鱼吸盘，贪婪地吮吸他的骨髓。他猛然从梦中惊醒，发现不过才睡了几分钟。

核潜艇里，像乔伊斯这样整宿整宿失眠的科学家不在少数。早上能到餐厅就餐的人，越来越少，大多数科学家熬到早上八九点才睡着，中午甚至下午才起床已是家常便饭。

黑暗、压抑、幽闭的海底生活，再加上末日信息的冲击，让不少科学家濒临崩溃。

李柯布似乎是一个例外。他每天按照作息规律正常起居，也没太注意核潜艇里其他人的变化。

这天早上，他照常来到餐厅，完全没有察觉足以同时容纳几百人的偌大餐厅里，就他一个人在用餐。

"早啊。"妮娜端着餐盘走过来，在他的对面坐下，"你看起来心情不错。"

"早啊。"他说。

"你不觉得奇怪吗？整个餐厅里，为什么就你一个人在用餐？"妮娜说。

李柯布看了看四周。可不是吗？昔日到用餐时间，餐厅里人满为患。可今天，餐厅里空空荡荡，就他和妮娜在用餐。

"可能，是我来得太早了吧。"李柯布用银匙搅动已经冷掉的粥。

"不是，是大家都没有胃口，都快受不了这海底幽闭的生活了。"妮娜将一小块蛋糕切开，却没有吃，叹息着把餐叉往桌子上一放，"说实话，我也没有什么胃口。"

"可这，才刚刚开始。"李柯布磕开一枚茶叶蛋，就着冷粥吃了起来。

"我感觉，这整艘核潜艇里，也就你一个人若无其事了。"

妮娜有些佩服地说，"你是怎么做到的？"

"嗨，你们早呀。"张翔教授和库巴将军走了进来，端起餐盘，挑了一些食物，坐到李柯布和妮娜身边，"柯布啊，你是不是觉得，老师那天太过严厉了？你是不是对我有一些不满？"

"没有啊。"李柯布说。

"你要知道，非常时期，非常对待，就像我们强制地将一些动植物集合在一起一样，我认为，也必须将你们强制性地集合在一起。老师没有别的办法，只能这么做。"

"老师，我知道，您这都是为我们好。"李柯布说，"我还得感谢您呢，是您给了这里这么多人活下去的机会。要知道，很多人都没有这样的机会。"

"是啊，很多人没有这样的机会，"张翔有些痛心地说，"实际上，我们只邀请了一些科学家、建筑学家、艺术家、医生。"

"什么？"李柯布大吃一惊，"只有这些人吗？那很多国家的领导人呢？他们没在核潜艇里？我还以为他们在贵宾舱里。"

库巴将军看了李柯布一眼："贵宾舱？我告诉你年轻人，这里可没有什么贵宾舱。"

"是啊，"张翔说，"两千多位科学家，还有一些医生、艺术家、军方联盟代表、厨师，以及护卫队成员，这些就是全部存留下来的人了。当然,如果我们的海底城市建设得快,也许能救出更多人。你知道,海底城市不可能容纳下所有人的,最多只能容纳三千万人。"

"海底城市,才能容纳三千万人?"李柯布很是震惊,"这么说,地球上其余的几十亿人,都无法拯救了?"

"是的,我们只能做到这一步了。"张翔叹息道。

这时有两位科学家走进餐厅用餐,在路过张翔身边时,问了一句:"对了张翔教授,您看到乔伊斯了吗,我们这两天都没看到他,敲他的门也没有回应。"

"乔伊斯?我这两天好像也没看到他。"张翔说。

"他不会出什么事了吧?"那两位科学家担心地说。

库巴将军皱了皱眉:"他应该在休息舱里吧?敲门没有回应?不会真是出什么事了吧?"

几个人一起来到乔伊斯的休息舱前,敲了敲门,果然半天没有回应。库巴将军叫来两名护卫队员,撬开舱门气密阀的瞬间,腐臭混着量子香水味扑面而来。

乔伊斯躺在床上,保持着双手抓向天花板的姿势,早已没有了呼吸。他的十指深深抠进钛合金舱壁,仿佛要将这舱壁撕开。床头柜上放着一个空药瓶,标签上显示是安眠药。

"压力导致的幻觉自杀。"库巴将军拿起床边的遗书,叹息地对两名护卫队员说，"通知医务人员，把他的尸体处理了吧。"

"他的尸体，你们打算怎么处理？"李柯布问，"不用通知他的家属吗？"

"怎么处理？要么丢进深海里喂鱼，要么丢进锅炉里焚烧，还能怎么处理？"库巴将军瞪了李柯布一眼，"通知家属？你觉得能通知家属吗？这里可是在深海里，而且要高度保密！"

李柯布、妮娜和张翔从乔伊斯的休息舱里返回到餐厅，这下众人更没有胃口了。

"嗨，张翔，跟这些年轻人凑什么热闹？吃完饭跟我下盘棋吧！"王天亮推着一张轮椅走来，轮椅上的吴恒老远就大声说。

见几个人默不作声，吴恒又说："你们这是怎么啦？要学会放松，别有太大压力。来来来，张翔，很久没跟你下棋了，我就不信，我赢不了你！柯布，你得亲眼看看，我是怎么赢你老师的。"

"好啊，"张翔站了起来，"我也想看看，这几年，你的棋艺究竟精进了多少。"

沉闷的海底生活，的确需要学会放松，释放压力。

大家一起来到大厅里，张翔与吴恒拿起国际象棋开始厮杀。李柯布、妮娜、王天亮站在一旁观望。

第四章 生死博弈

吴恒端坐在轮椅上，仿佛一位在战场上指挥着千军万马的君王，或者说是一个指挥着一支庞大的太空舰队征战宇宙的太空霸主，威风凛凛，不可一世，一点都不像是残疾的老人。而张翔也不示弱，他镇定自若，兵来将挡，水来土掩，似指挥着另一支庞大的太空舰队，与吴恒展开激烈的对战。

吴恒的战术是，全军压上，以风卷残云之势，席卷对方。他的太空舰队，像一群黑压压的蝗虫编队在太空中横扫而过，火力全开，所过之处，寸草不生。

张翔的战术却要保守得多。他并不贪图进攻，而是注重防守，以退为进。他先是集中所有优势兵力保护君王，再诱敌深入，调遣太空舰队迂回包抄，逐个击破。他每挪动一步棋子，仿佛都要经过深思熟虑，可谓是环环相扣、妙不可言。面对着来势汹汹的敌军，他三下两下，看似轻描淡写，却四两拨千斤，一下子就将入侵的敌军消灭掉。

李柯布看着两人你来我往，交锋激烈，直看得眼花缭乱、胆战心惊。他的眼前浮现出一个巨大的太空战场，只见吴恒的无数钢铁战舰围着张翔的太空堡垒进行强攻，密集轰炸，火力甚猛，似乎不把太空堡垒摧毁誓不罢休。而张翔的太空堡垒却仿佛坚不可摧，拼命反击，严防死守。

看到这里，李柯布不禁暗暗为张翔的太空堡垒捏一把汗。

不知道这个太空堡垒在吴恒的强大攻势之下，能坚持多久。

"行啊，兄弟，多日不见，棋艺精进不少啊。"张翔忍不住夸赞道。

"嘿嘿，赶快投降吧，张翔。"吴恒有些得意地说，"不是我吹牛，为了能够战胜你，我没少跟国际象棋人工智能练习，还曾经杀得人工智能片甲不留。"

"那是你对人工智能动过手脚吧，否则，你怎么可能战胜得了人工智能？"张翔笑着说。

"只有你才会动那样的心思，我吴恒堂堂正正，绝不会使出那种下三烂的招式。"吴恒不依不饶地说。

"哎，我有点招架不住了，咱们和棋了吧？"张翔疲于防守，打算结束战斗，问道，"打个平手，如何？"

"哈哈哈，这局面明显是我要赢呀。你只有两个选择，要么你认输，要么继续下，当然，你最终肯定还是会输。"吴恒眼见自己要赢得最终的胜利，怎么肯善罢甘休。"以前你总是赢我，这回你也得让我赢一次吧。"

"好吧，那我就只好奉陪到底了。"张翔无奈地说。

这两人，既是朋友，也是冤家。早先张翔在天体物理学领域和生物学领域，与吴恒教授是对手，后来张翔转攻量子计算机，两人才由竞争关系变为朋友。多年来，他们习惯了相互较劲，亦敌亦友的关系让人捉摸不透。

此刻，吴恒展开了更加猛烈的攻势，对着太空城堡又是一番狂轰滥炸。然而，就在吴恒举全军之力发动猛攻时，没想到后防空虚，张翔突然派出一支奇兵，出其不意直捣黄龙府，一下竟把吴恒的君王将死了。

"怎么会这样？"吴恒有些目瞪口呆，"不可能，明明我就要把你的棋子全灭了啊？"

"哎，承让承让，"张翔耸了耸肩，"我还是觉得你肯定对人工智能动了手脚，否则你怎么可能赢得了它？"

"李柯布，你评评理，我这棋是不是占了上风？"吴恒转向李柯布，"你也懂得下棋吧，你看我这水平是不是比人工智能强？"

"老师的确是赢过人工智能的，我可以做证。"妮娜笑着说。

"是不是比人工智能强我不好说，"李柯布挠挠头说，"不过，肯定比我强。"

"哎，你这话我爱听，"吴恒也笑了，"说明我没看错人，你还是很有眼光的。我喜欢和年轻人聊天，回头找个时间，我们喝喝酒，好好聊一聊。"

"好啊。"李柯布说。

他以为吴恒只是随口说说而已。没想到,晚上他正躺在船舱的床上准备入睡时,忽然听到了敲门声。他打开舱门一看,竟是吴恒。

王天亮推着吴恒的轮椅进来,吴恒手里拿着一瓶白酒,说是来找李柯布喝酒聊天的。

"走,到我的房间里去聊吧,那里地方大。"吴恒扫了一眼李柯布的休息舱,发现有点挤。

李柯布跟随吴恒、王天亮,来到他们的休息舱。

吴恒的休息舱要稍微宽敞些,但不知道为什么,屋里的光线很暗。李柯布想伸手去开灯,但是开关是坏掉的。这时,吴恒让王天亮点燃了一支蜡烛。昏暗的烛光中,李柯布看见了桌子上面散落的演算纸和空酒瓶。

李柯布走到桌子前,拿起演算纸,看到上面密密麻麻的公式像是在推算着什么。李柯布又看到另外一张纸,上面也推算出了同一个结果,只不过两张纸上的笔迹明显是不同的人的。

王天亮为吴恒、李柯布各倒了一杯酒。

"之前有科学家怀疑'超级代码'出错,然后你们又重新推演了一遍,证明结果是没问题的。"吴恒接过酒杯,喝了一口,"结果的确是没有错,但是我们有可能忽略了其中最重要的一个东西,那就是参数。"

"参数？"李柯布不解地看着吴恒。

"没错，参数是张翔教授汇总大量数据后获得的，"王天亮将酒杯递给李柯布，"但是，如果他篡改了其中的一些数据，会怎么样？"

"什么？这不可能！"李柯布接过酒杯，也喝了一口，"老师为什么要这么做？"

"为什么？这还不简单，当然是为了把这两千多位科学家骗到海底。"吴恒将手中的酒一饮而尽，又让王天亮将酒杯倒满。

"骗到海底？"李柯布蒙了，"老师这么做，对他有什么好处呢？"

"当然有他自己的目的了。"吴恒冷笑着说，"你以为我今天跟他下棋，是真的在玩吗？那是我们在暗中较量。"

"较量？"

"你还记得在下棋的过程中，张翔说我肯定对人工智能动过手脚，所以才会赢吧？我说只有他才会动那样的心思，我当时其实是另有所指。"

"记得，"李柯布说，"不过你们在下棋时一直都在开玩笑，我不明白你们在说什么，还真以为你们是在开玩笑。"

"我们并不是在开玩笑。"吴恒让王天亮拿出一沓准备好的材料，放在李柯布的面前。

"这些是我们暗中搜集到的材料，我们关注张翔的'超级代码'已经很久了。"吴恒说，"当然，我这么做，也是觉得张翔的一些举动有些可疑。"

李柯布拿起那些材料。每个材料都有两份，一份是原件，一份是输入"超级代码"里的信息，以便进行对比。

李柯布一张接一张翻阅着那些材料。上面都是一些与航天、战争有关的信息，比如美国部署核导弹的信息，地球上空每一颗人造卫星的位置等，这些位置都被仔细地做了标注。

材料的最后，是一份报告，李柯布浏览一下，不由得惊呆了。报告上显示，太空中曾出现某个神秘物体，通过其运动轨迹，可以推算出其运动速度超过了第三宇宙速度。然而，目前人类科技还没法做到让物体的运动速度超过第四宇宙速度。更让人惊讶的是，按照原本的运行轨迹和速度，这个神秘物体本来会和地球相撞，但就在它快要撞上地球的时候，居然改变了轨迹，和地球擦肩而过。

自己能够改变运动轨迹的星体？这不可能，除非是有外力干预了它。

很显然，该神秘物体，极有可能来自外星文明。

李柯布沉默了。这样一个可能是外星体侵入的信息，居然被隐藏了起来。

"我敢打包票，张翔肯定对'超级代码'浏览过的信息动了手脚，篡改了一些数据，致使'超级代码'最终得出了他想要的结果。"吴恒说，"要知道，改变某个参数，哪怕只改变0.0001的小数，最后也可能会导致结果天差地别，就像北美洲的一只蝴蝶轻微地扇动一下翅膀，都有可能会引发南美洲的一场龙卷风。"

"这怎么可能？老师怎么可能这么做？"李柯布感到难以置信，"老师不是这样的人啊。"

"你虽然是张翔的学生，但你对他还是不太了解。我跟他打了很多年的交道，虽然我们是朋友，但我总觉得他在刻意隐瞒着什么。"

李柯布没有说话，有些不解地看着吴恒。

"我让妮娜提醒过你，要提防你的老师，可能你没有太在意。"吴恒一边说着，一边将自己的图纸放在蜡烛上点燃。透过火光，李柯布似乎能看到，"0"和"1"构建起来的代码在不停地翻动，最终幻化成了张翔的面孔——演算纸在火光中化为了灰烬。

"我也不知道自己的怀疑对不对，我感觉这件事绝不简单。"吴恒继续说，"就拿张翔召集我们来到这艘核潜艇、准备建造海底城市来说，也许这是世界联合组织的阴谋——聚集这批科学家，与世隔绝地进行什么秘密研究，然后通过'超级代码'，上传到陆地上的相关机构。"

"不会吧，你的意思是说，张翔把大家聚集起来建造海底城市，并不是在躲避什么所谓的灾难，而是要进行某种秘密研究？"李柯布有点怀疑吴恒喝多了。

吴恒将手中的酒一饮而尽。

"年轻人，你想一想，如果没有世界联合组织的支持，张翔哪有那么大的号召力？"吴恒将酒杯满上，"不过，根据我的分析，张翔这么做，很有可能是在利用世界联合组织，利用这两千多位科学家，研究科技武器来控制人类，统治地球。"

"控制人类？"李柯布大吃一惊。

他看着吴恒，见他不像是在开玩笑。

"是的，我们注意到了，张翔总是在刻意隐瞒、篡改或者删除一些与外星人有关的信息，而且他是个极端环保主义者，他很痛恨人类破坏环境的行为。"王天亮指着材料上的一些被篡改的信息，"我们严重怀疑，张翔究竟是不是人类？"

"什么？你的意思是，张翔教授有可能是外星人，所以才会这么做？"李柯布吃惊地盯着王天亮。

"是啊，我是研究外星文明的，你要相信我的专业判断。"

第四章 生死博弈

王天亮与李柯布碰了一下杯,将杯中酒一饮而尽。

李柯布感到难以置信。

这太荒谬了。李柯布认识多年的张翔教授,他非常敬重的一位老科学家,竟然会是一个外星人?

而且,李柯布又不是没有见过外星人。五百多年前,李柯布被巨大的发光圆盘吸进去时,他就亲眼见过那些可怕的外星生物。它们都长着一个硕大的脑袋,有着两只极其夸张的大眼睛,高大修长的六肢,浑身发灰,模样狰狞恐怖,仿佛站立着的蝗虫。这外形跟人类相差甚远,除非它们懂得变形,否则不可能变为人类的样子。

喝多了。吴恒与王天亮两人,绝对是喝多了——李柯布这么想。老师那么慈祥的一个人,那么爱好和平、致力于为人类发展做贡献,怎么可能是一个企图毁灭人类的外星人?

但是,吴恒和王天亮拿出的材料,又让他无法反驳。李柯布仔细对比过,输入"超级代码"的数据与信息,有些的确是改动过,尤其是一些与外星相关的数据。虽然改动很小,但是,就像前面说的,所谓"差之毫厘,谬以千里",一个细微的改动引发的蝴蝶效应,也许会导致截然不同的结果。

张翔为什么要改动这些数据与信息呢?他究竟想隐瞒什么?

李柯布百思不得其解。他将手中的酒再次一饮而尽。

几杯酒下肚，李柯布的头有点晕晕乎乎的了。

吴恒见状，好心劝他说："少喝点吧，别喝醉了。"

李柯布的确是有点醉了。以他的酒量，他平时是很少喝醉的，可能由于心里有事，不知不觉间就喝多了点。

他摇摇晃晃地站起来，告别吴恒、王天亮，不知怎么就走到了张翔的舱门前。他敲了敲门，没有回应。他用力一推，门竟然开了。他左右看看，见走廊上没有人，走进了屋里。

他打量着张翔的休息舱，这休息舱除了宽敞些，和其他休息舱没有什么不同。他看到床头的柜子上放着几个药瓶，随手抓起一个药瓶，发现是含有吡唑化合物的药物。

吡唑化合物？张翔为什么要服用这种药物？

要知道，吡唑化合物是用于治疗与体内细胞突变相关的疾病。在李柯布的印象里，张翔一直很健康，为什么需要服用抑制体内细胞突变的药物呢？

难道正像吴恒猜测的那样，张翔是外星人？

李柯布越想越不明白，趁着酒劲，想找张翔问个明白。他走出张翔的房间，正好两个护卫队员走来，他拉住其中一人问张翔教授在哪里。

护卫队员闻到他身上一股酒气，瞥了他一眼，说张翔教授在宴会厅里开会。

第四章 生死博弈

李柯布来到宴会厅门口,只见几个士兵拿着枪站在门口守卫。李柯布正要往里闯,一个士兵拦住了他:"你要干什么?"

"我找张教授,我是他的学生,我有急事找他。"李柯布说。

"张教授正与世界联合组织开线上会议,有什么事,等开完会再说。"士兵说。

此刻,室内会议接近尾声。张翔听到门口有吵闹声,结束了会议,出来一看,才知是李柯布。

张翔闻到李柯布身上的一股酒气,微微皱了皱眉头,对士兵说:"让他进来吧!"

李柯布跟着张翔进入室内。

"说吧,找我什么事?"张翔问。

"老师,您是不是有什么事瞒着我?"

"我有什么事瞒着你?"

"你的房间里,为什么会有吡唑化合物这种抑制细胞突变的药物?你为什么篡改给'超级代码'的材料数据?"

张翔愣了愣:"你在调查我?"他缓缓转过身去,"我在研究可控核聚变新能源。它在为核潜艇提供持久性动力的时候,同等功率下,比核裂变产生的辐射要高得多,所以我身上不小心沾上了一些放射性物质。"

顿了顿，张翔又说："我们认识这么多年，你竟然不信任我？你是不是喝多了？"

"我没有喝多。"李柯布说。

"我刚开完会，已经很累了，有什么事明天再说吧。"张翔转过身来说，"对了，免疫加强针，你已经打过了吧？"

"免疫加强针？"

"在深海里，如果没有足够的阳光照射，人体的免疫力就会变弱，需要注射几剂免疫加强针。不过，由于药剂的数量有限，只有极少数重要人才能注射。这事儿，你自己知道就行了。"张翔皱了皱眉，"我已经交代过，让医生为你注射，他们怎么把你给遗漏了？"

"可能还没轮到我吧，"李柯布说，"没事，我再等等。"

"别等了，再等就没了。"张翔去冷藏柜里拿出一个针管与一瓶蓝色药剂，"这个药剂很珍贵，我这儿还有几瓶，正好给你注射上。"

他把蓝色药剂吸入针管里，挽起李柯布一只胳膊的袖子，在李柯布的手腕上扎了下去。

"好了，你先回去好好休息，有什么事明天再说。"

李柯布感到有一点晕眩。他不再勉强，告别张翔退出来，在门口处差点与匆匆赶来的库巴将军撞个满怀。

库巴将军瞥了李柯布一眼，没顾得上理他，径直走到张翔的面前，不满地大声嚷嚷："教授，关在禁闭室里的那些科学家，尼克和克劳德那些人，怎么都不见了？"

"不见了？"张翔吃惊地说，"不会是逃走了吧？"

"不能让他们逃走，"库巴将军气急败坏地说，"要是他们泄露消息，会引起全世界的恐慌！"

"没错，"张翔的脸阴沉下来，"全船搜索，一定要把他们找出来。他们要是逃出去，那麻烦就大了！"

那一刻，李柯布瞥见张翔一脸的冷酷。

这不是张翔。

至少，这不是他认识的那个张翔。

第五章　逃出核潜艇

李柯布躺在自己休息舱的床上，迷迷糊糊地又做了很多梦。

在梦境里，李柯布发现自己站在一个陌生的、有着红色冰冻山脉的星球上，天空有两个太阳，空中飘浮着一些奇怪的生物。一群长着硕大脑袋的外星生物，睁着两只极其夸张的大眼睛，模样狰狞恐怖，像站立着的蝗虫，向他围了过来……

李柯布非常恐惧，突然从梦中惊醒。他看了看周围，发现自己躺在核潜艇休息舱里的床上。昨夜的宿醉此刻让他头疼欲裂，口渴难耐，他爬起来想找水喝。这时，昏暗的光线中，他看到房间里似乎有个人影。

"谁？谁在那里？"他喊道。

那人影一闪，拉开门冲了出去。

李柯布追了出去，跑到走廊上，人影不见了。

他正要转身回房间，突然脖子后面被一个针头猛地扎了一下。

第五章 逃出核潜艇

李柯布的视线立刻变得模糊了起来,身体慢慢地倒了下去。

他躺在地板上,想看清楚后面那个人的脸,但什么也看不清,只看到一个黑影向远处跑去,最后消失在走廊尽头。

李柯布的眼皮越来越沉重,不由自主地合上了,就好像几百年的困倦在一瞬间涌上来。他很想睡一个长长的觉。

难道,这就是自己生命的终点了吗?他心想。他活了五百多年,却从来不知道为什么自己会活这么久。普通人可以单纯凭借年龄、外貌判断自己生命的时长,但是他不知道自己究竟是否会亘古不变地永远活下去,还是在一个不知道的时刻突然消失。

此刻他的脑海中,浮现出这样的场景:盛开的樱花树下,身穿白色长衫的伊侬坐在秋千上,冲着他微笑;他的手中有一块用砂纸精心地抛光打磨过的、尚未完成的翡翠挂件。他伸出手,想牵着伊侬的手,耳边却传来另外一个女人的声音。

"柯布,柯布,快醒一醒!"妮娜猛烈地摇晃着李柯布,喊道,"柯布,你可不能死啊!"

李柯布艰难地睁开眼。妮娜的脸庞与刚才幻觉里的伊侬的脸部,重叠在了一起。

"妮娜,我这是怎么啦?"李柯布坐了起来,发现自己躺在休息舱门口的地板上。他摸了摸自己的后脑勺,还好没什么事。

"我还想问你怎么了,你怎么躺在这里?"妮娜松了口气说,"你刚才吓死我了!"

李柯布把自己噩梦惊醒后,发现房间里有人,追着那人出了房间,却被人扎了一针,接着自己晕了过去的过程,向妮娜描述了一遍。

"看清楚是谁了吗?"

"没看清。"

"扎哪里了?"

"好像是脖子上。"

妮娜查看李柯布的脖子,发现他的脖子上有很多蓝色斑点。

"果然,他们对你下手了。"妮娜皱着眉头说。

"他们?"李柯布看着妮娜,她似乎知道些什么。

"没事,"妮娜见说漏了嘴,转移话题说,"你现在赶快去找医生看看。"

"不用,我没事,不用找医生。"李柯布摇了摇头。他知道自己不能去找医生,他活了五百多年,如果去找医生检查身体,这个秘密很容易被暴露。

"这些斑点有点奇怪,还是让吴恒教授给你看看吧。"

李柯布还想拒绝,但妮娜很坚持,扶着头昏脚软的他向吴恒教授的房间走去。

"对了，你怎么出现在这里？现在好像是凌晨吧。"李柯布说。

"哦，我起来去运动室晨练，路过这里，就看到你躺在地上了。"

"幸好你及时赶到。"李柯布说，"谢谢你，妮娜。"

他们敲开吴恒、王天亮的门。这时李柯布头晕的感觉有些好转，只是皮肤像被火灼烧一样疼痛。妮娜给吴恒、王天亮讲述了李柯布刚才的遭遇。

"什么，你被人扎了一针？我看看。"吴恒吃惊地说。

他赶紧拨开李柯布的衣领，看到李柯布脖子上的针眼附近出现了蓝色的血管，周围有黑色的瘀青，而且上面有白色的光斑在不停地移动着。与普通的伤口不一样的是，这看起来更像是某种能量团在不停地移动。随着时间的推移，烧灼的感觉进一步加强，李柯布的额头上面渗出了细小的汗珠。

"怎么，你手腕上也有？"吴恒检查李柯布的身体时，发现他手腕上也有一个针眼，附近出现了蓝色的血管和白色的光斑。

李柯布想起了昨天晚上张翔教授为他注射的免疫加强针。

"手腕上这个，是昨晚张翔教授给我注射的，他说这种针剂可以加强免疫力。"

"这么说,张翔也为你注射了外星催化剂?"吴恒若有所思地说。

"外星催化剂?"李柯布大吃一惊。

"是的,这是一种外星基因武器,张翔以前也给我送了一些这种药剂,说是可以治疗我的腿伤。"吴恒露出自己的胳膊,上面也有浅浅的蓝色血管,但是里面的能量团像是被抑制住了一样,不再波动。"我昨天晚上就跟你说过,张翔是外星人,你不信。他肯定是要拿我们做外星基因实验,我们都被他绑架了。"

他停了停,又继续对李柯布说:"其实我刚见到你的时候,还没跟你说几句话,就已经猜到你也是一个活了几百岁的人了。我和你一样,都是外星实验的产物。"

"什么?"妮娜和王天亮都惊讶地看了看李柯布,又看了看吴恒,"你们活了几百岁?这怎么可能?"

李柯布看着妮娜和王天亮。"是的,"他坦承道,"我的确活了五百多岁。"

李柯布也是第一次听说有人和自己一样,活了这么久。在漫长的岁月当中,看着周围的人一个个消失在眼前,他一直以为自己是一个异类。他知道这可能和自己被发光圆盘吸进去后,遇到那些像站立的蝗虫一样的怪物有关,但具体是怎么回事,他一

第五章 逃出核潜艇

直都没搞明白，那些怪物不知道对他做了什么，为什么他从那以后就不会变老了。

"这么说，你们都遇到过外星人？"王天亮顿时来了兴趣，"怎么你们都没跟我说过？"

"这种事，怎么能随便说出来，"李柯布苦笑着摇摇头，"再说了，我也不确定是不是遇到了外星人。"

李柯布把自己五百多年前的遭遇说了一遍。他说："那种感觉，更像是做梦，稀里糊涂地被吸进发光圆盘里，见到了一些似人非人的怪物，又稀里糊涂地被扔出来。我感觉是过了没多久，但是我的家人们都说，我失踪了一年多。"

"你肯定是遇到外星人了，"王天亮说，"很多人以为外星人不存在，其实它们就隐藏在我们身边。"

"我想起来了，我以前是国安部的特别行动员，曾参加过抓捕外星人的特别行动。"妮娜似乎回忆起了什么，"在一次行动中，我一时心软，放走了一个外星人，因此，我也遭到了开除。"

"我的遭遇，和柯布差不多。"吴恒叹息了一声，开始讲述：也是在五百多年前，他被外星人抓去做过实验，当时他已经五十多岁了，现在想起来还像是在做梦。这也是他后来痴迷于研究外星人的原因。根据他现在掌握的有关外星人的研究材料，当时被那些外星人抓去做实验的有三百多人，但是因为外星基因和人类基因没有很好地结合，大多数人都死掉了。活下来的，据他所知，目前可能只有他和李柯布两个。幸运的是，外星基因和他们的基因融合后，变成了他们体内DNA里的隐性基因段，还使他们的DNA端粒不会缩短，所以他们不再衰老，一直活到了现在。

"啊，原来如此。"李柯布恍然大悟。

"我是在近一百年才开始研究外星生物的，一直在搜寻国内外有关外星人的信息，当然，其中大多数都是假的。"吴恒说，"我参与过一个秘密的科研小组，直到十二年前，我们发现了外星人飞船碎片，政府才秘密成立了研究小组。"

"可是，这和张翔教授有什么关系呢？"李柯布不解地问，"您怀疑，他就是五百多年前拿我们做实验的外星人之一？"

"是的，我怀疑你的老师，已经被外星人寄生了，所以特意来到这里，暗中调查。我也没有太大的把握，所以把王天亮教授、妮娜也叫来和我一起调查。"

"被外星人寄生？"听到这个说法，李柯布一脸疑惑。

吴恒继续解释。据目前调查掌握的资料，他推测在张翔的体内，有个外星人的幼体。这个幼体可以寄生在人类的大脑里，从外表上是看不出来的。它可以不断地选择人体寄生，张翔可能就是它新的宿主。它可能得知了吴恒就是当年外星人实验后活下来的人，被注入过外星基因，所以就把外星催化剂做成药物送给他，说可以治疗他的腿伤，其实是想激活他体内的外星意识。吴恒服用了几天后，身体开始出现一些奇怪的症状。

"这么说，也是张翔深夜派人潜入了我的房间里？"李柯布说。

"没错，"吴恒说，"外星催化剂里，富含大量的硒元素，可以激活我们体内被抑制的外星基因。如果没有解药的话，我们就会彻底丧失自己的意识，变成外星人。"

"啊，那该怎么办？"妮娜看了一眼李柯布脖子上的蓝色血管和白色能量光斑，着急地问。

她看起来，比李柯布还着急。

吴恒看了一眼妮娜，调侃着说："你这是在担心柯布，还是担心我呀？"

妮娜有些脸红地说："老师，您说什么呢？"

吴恒沉思片刻，说："现在看来，我们要先想办法控制张翔，逼他拿出解药。"

"我还不能确定，扎我一针的那人，是不是张翔派来的。"李柯布犹豫地说。

"都到了这个地步，你还在维护你的老师呀？"王天亮将李柯布的手腕翻过来，指着蓝色血管和白色能量光斑说，"这不就是你老师给你注射的吗？你觉得地球文明有这样的技术吗？"

李柯布沉思了一会儿说："我们得想办法报警，或者通知国安部，核潜艇里有两千多位世界顶级的科学家，我们得把他们解救出去。"

"核潜艇的信息都被屏蔽了，信号发射不出去。"吴恒摇摇头，"而且，我们不知道核潜艇里有多少人被外星人寄生了，万一打草惊蛇，这两千多位科学家将性命难保。"

"我有办法了，"李柯布灵机一动，"可以通过'超级代码'，向世界联合组织发送求救信号！"

吴恒眼睛一亮："李教授果然很有智慧。趁现在天还没亮，我们悄悄潜入'超级代码'室，操控'超级代码'，向世界联合组织发送求救信号，并改变核潜艇的航行指令，返回陆地。至于外星催化剂的问题，我们学院有个著名的外星生命研究专家莱教授，也许他有办法清除掉我们身上的外星催化剂。"

"事不宜迟，咱们赶快行动吧！"妮娜说。

四人当即行动。王天亮推着吴恒的轮椅，和李柯布、妮娜来到"超级代码"室前，只见两个守卫正在门口打盹。

妮娜悄悄上前，一掌一个，将他们打晕在地。

李柯布惊愕地看着妮娜，惊讶她柔弱的身材，竟有这么强的爆发力。

妮娜揉揉手，莞尔一笑："我不是说过吗？我以前是国安部的特别行动员。"

四人潜入"超级代码"室里，还好，里面空无一人。李柯布立即启动"超级代码"，输入一连串Silq第7代语言，要求"超级代码"向世界联合组织发出求救信号。

不料，"超级代码"拒绝执行，给出的理由是：目前核潜艇上没有任何危险，违反"海底计划"的所有指令均无效。

李柯布又输入一串Silq第7代语言，要求"超级代码"改变核潜艇航行路线，返回陆地。

"超级代码"再次拒绝执行，理由还是一样：在到达目的地前，所有违反"海底计划"的指令均无效。

吴恒焦急地说："有没有办法破解系统？"

李柯布皱皱眉头："我试试。"

他专注地盯着"超级代码"的弧形屏幕，手指飞快地敲动着键盘。时间一分一秒地过去，还是没有任何进展。

妮娜在门口把风，扭头对他们说："巡逻的护卫队员应该快过来了，我们得加快速度！"

李柯布尝试多种方法破解系统，但是毫无效果。

吴恒突然想到了什么，说："用摩斯代码发送求救信号试试。"

"摩斯代码?"李柯布一愣。

"是啊,"吴恒说,"摩斯代码只是一些简单的点线信号,'超级代码'反而无法识别这种和它自己处理方式一样的简单计算模式,因为对它来说,这些不过是一串信息符号而已。这样,只要我们不违反'海底计划'的命令,应该就可以把信号发送出去。"

李柯布也知道,"超级代码"和所有的电脑一样,接受指令和处理信息的方式,都是最简单的"0"和"1",这的确与摩斯代码的"·"和"−"很相似。但问题是,"超级代码"肯定可以识别和翻译出摩斯代码的真实信息。

吴恒看出李柯布的顾虑。于是他告诉李柯布,他的同事莱教授拥有一台最先进的量子信号发射器,该量子信号发射器连着国家的量子通信卫星。他们可以操控"超级代码"远程控制莱教授的量子信号发射器,利用摩斯代码发送求救信号给量子通信卫星,在发送的信息里,只要把量子叠加态的单元信息作为一个基础信息单位"−",再将其坍缩成经典态的单元信息作为另一个基础信息单位"·",这样"超级代码"对其进行叠加态的运算和问题处理分析时,是无法识别这种最简单的信息符号的。

"所以,从原则上来说,我们并没有违反'超级代码'认为的'海底计划'。"吴恒说,"这样,量子通信卫星可以根据信号来源,最后追踪到'超级代码'的坐标位置,我们最终会被拯救。"

"没想到,吴教授您对量子通信这么精通!"李柯布被吴恒的想法震惊了。

吴恒微微一笑:"谈不上精通,只是略微研究过。"

李柯布立即输入Silq第7代语言指令,"超级代码"回答:"执行'海底计划'以外的指令,已被张翔教授加密,需要输入密钥才可以启动。"

吴恒紧盯着李柯布,盼望着他能创造奇迹。"你既然都会最难的量子计算机编程,应该也是顶级黑客吧?"

李柯布额头上冒出了虚汗:"我再试试。"

时间飞逝,李柯布使出浑身解数,还是没有成功。

监控屏幕里,几个巡逻的护卫队队员正向"超级代码"室方向走来。盯着监控屏幕的妮娜不禁着急地说:"怎么样了?护卫队马上就到这边来了,我们得赶快撤!"

"我知道了,这密钥是一段源代码,很难破解!"李柯布说。

"没时间了,"吴恒焦急地说,"我们得马上逃离核潜艇!"

妮娜点点头，说："吴教授，您和王教授先撤，我和李柯布再坚持一会儿。如果实在破解不了，我们到逃生舱找你们。"

"好，那就逃生舱见！"吴恒让王天亮推着轮椅，转身离开。

"吴教授，等一下，我还有个办法，"李柯布突然说，"你们先离开，我留下来，假装跟张翔投降，套出源代码密钥后，解救这些科学家！"

"不行，那太危险了，"吴恒说，"你没有外星催化剂的解药，意识随时都会消失。听我的，我们只有先逃出去，找到解药，才能救这些科学家。妮娜会告诉你怎么做。"

吴恒说完，让王天亮将他的轮椅推进电梯里，消失在电梯口。

李柯布凝神屏息，琢磨破解指令的源代码密钥。他又尝试了几下，还是没有成功。

"护卫队马上就到，我们该撤了！"妮娜看到护卫队越来越近，过来拽着李柯布离开，"再不走，就走不了啦！"

两人刚溜出门，就听到了一阵脚步声。他们立即轻手轻脚地向走廊的另一头快速走去。

妮娜带着李柯布来到一处角落，推开角落里的一扇暗门，带着李柯布走了进去。李柯布看着严丝合缝关上的门，心想这个暗门绝对是在建造的时候就已经准备好的,是有人留了一手。

"你知道吗?昨天晚上,好几个科学家被杀死了,"他们在昏暗的通道里走着,妮娜说,"被抛进了大海里。"

"什么?"李柯布大吃一惊,"他们……都死了?"

"对,你还记得那位叫克劳德的土木工程师吧?还有那位叫尼克的计算机专家,他们都被杀死了,扔进了大海里。"

"谁干的?"李柯布想起尼克曾说过他有个六岁的女儿,在等着尼克带她去迪士尼乐园玩,不由得内心一阵发紧。

"想都不用想,肯定是你的那位好老师让人干的呗。"妮娜撇撇嘴。

"可是……他为什么这样做?"李柯布还是感到难以置信,声音不自觉地抬高了。

"嘘,小声点,"妮娜提醒他,"这些科学家,都有一个共同点,就是都和你一样,跟吴恒教授喝过酒、聊过天。你们以为切断了电源就没事了吗?核潜艇上的红外摄像头和照明供电是两套系统。最关键的是,你可能不知道,你和张翔研发出来的'超级代码'非常强大,即使它听不见,它也能通过红外摄像头看到你们的嘴唇,然后靠唇语解析出来你们说的是什么。"

李柯布这才明白,他在吴恒教授的休息舱里谈话时,吴恒为什么要切断电源,点燃蜡烛了。然而,这些都没有逃过隐藏的红外监控摄像头,所有影像都被传输给了"超级代码"。

"你怎么知道这些的?"李柯布惊愕地看着妮娜。

"嗨,我以前是干什么的?"妮娜轻描淡写地说,"昨晚我破解了核潜艇上的一个终端,得到一些情报。张翔让你来核潜艇,其实就是想拿你做外星基因实验。现在,我们只能赶快逃出核潜艇,去找莱教授商讨解决办法。"

他们继续往前走。前面的路越走越热,原来他们进到了核潜艇的供电间。这时,前方传来一阵脚步声,有人正朝这边走来。

"嘘!"妮娜对着李柯布做了个禁言的手势,拉着他躲到了暗处。

一个护卫队员推开供电间的门,拿着探照灯向里面照了一下,没有看到什么东西,就向另外一个护卫队员打了个手势,离开了。临走前,他们还不放心地又朝门里看了一眼。

妮娜从阴影里探头向外看了一下,说:"他们走了,我们快离开这里。"

两人抓着管道,吊在阴影里的水管下面。水蒸气打湿了他们的衣服,管道也非常滑。李柯布的手一直在打滑,差点儿掉了下来。护卫队员走后,他们才跳下来,尽量不发出声音。

"护卫队员每两个人一小队,每隔十五分钟就会检查一次，"妮娜说，"所以我们动作要快，而且现在温度越来越高了，不想变成烤鸭的话，就得赶快离开这里。"

他们继续向前走。这时，一阵"扑通、扑通"的声音从他们背后的那个金属洞口传了出来。好像是什么东西在敲打着墙壁，又好像是一个巨型怪兽的脚步声。在这个阴暗潮湿的环境里，这个声音显得有些阴森恐怖。

"什么声音？"李柯布小声地问。

"引擎，核潜艇的引擎。"妮娜一边走向金属洞口，一边向李柯布解释，"核潜艇在加速下沉，我们得赶快离开核潜艇，再晚就来不及了。"

"我们走了，核潜艇里的那些科学家怎么办？"李柯布忧心忡忡地说。

"先逃出去，以后再想办法救那些科学家。"

妮娜拉着李柯布，跑进金属洞口里，那里摆放着好几个逃生舱。很显然，妮娜对这一切了如指掌。

他们打量了一下，没看到吴恒和王天亮。

"咦，吴教授和王天亮怎么没在这里，难道他们先走了？"妮娜焦虑地看了看时间，"我们快上逃生舱，离开这里！"

"万一吴教授和王天亮没走，他们岂不是很危险？"李柯布说，"还是先等等他们吧。"

"来不及了,咱们先逃出去,再想办法救他们。"妮娜把李柯布推进逃生舱里,随后从衣服里掏出一个很小的反雷达装置,贴到了逃生舱上,"再晚一会儿,我们可能都逃不出去了!"

一阵脚步声传来。

"谁在那里?"有人大叫。

妮娜关上舱门,启动逃生舱按钮。

逃生舱从核潜艇里弹射了出去。

第六章　克隆体

妮娜熟练地驾驶着逃生舱，向着海面前进。

李柯布看着妮娜干练的身影，心里越来越对她感到由衷的钦佩。她那年轻、似乎对什么都不在乎的外表，给人一种简单、快乐的印象，但那其实可能并不是真实的她。

或许，对妮娜来说，简单快乐的外表，是她处理一切棘手事情、麻痹别人的武器。

此刻，印度洋海面上正下着一场暴雨。电闪雷鸣之时，一艘民用船在巨浪中若隐若现，随着海面的起伏在不停地颠簸，远远看去，就好像是一艘被困在大海里的遇难船。

但是，轮船甲板上的人们却没有一丝慌乱，都非常训练有素地工作着。

船长的房间里面，吴恒正坐在轮椅上，平静地看着水面，旁边的对讲机嘀嘀地响了起来。他按下通话按钮，对讲机那边有人说："报告，目标锁定。"

"好的，收到。"吴恒说。

原来，吴恒已提前逃出核潜艇。这些都是他计划的一部分。他已安排人在海面上等着。在暴风雨来临的时刻，相信绝大多数的轮船都不会出海。这很重要，有利于计划的秘密实施。毕竟此时，海水是最好的掩护。

吴恒看了看手表，屏幕上的红点在不断闪烁。他和妮娜都戴着这种最先进的卫星定位手表，哪怕核潜艇上装有信号屏蔽仪，他们还是可以彼此知道位置。

很快，操控台上面的红色按钮亮了起来，屏幕上出现一个红色的小点。吴恒看到红点，知道对方马上就要到达海面，于是遥控着轮椅，亲自出来接应。

妮娜和李柯布的逃生舱冲出海面的一瞬间，水中的冰冷刚好穿透了潜水服里面的保暖层。如果再多待一会儿的话，他们可能真的就被冻僵了。

漫长的压迫感，让李柯布感到有些迷糊，但他还是一眼就认出了面前这位坐着轮椅的老人。

"吴教授，这是在哪里？"李柯布打量着大海问。

"印度洋。"吴恒说。

"印度洋？核潜艇不是应该向西前进到南美洲吗？怎么跑到印度洋了？"

第六章 克隆体

吴恒摇摇头,看着他手腕上的多功能定位手表说:"我也不知道张翔到底在搞什么鬼,我们需要尽快弄清楚他的阴谋。我之所以能看出核潜艇的行驶路线有问题,并提前让人里应外合,在外面接应我们,靠的就是这个手表。"

李柯布左右一看,没看到王天亮,疑惑地问:"王天亮呢?"

吴恒长叹一口气:"他没有逃出来,还在核潜艇里。为了掩护我离开核潜艇,他故意暴露,引开了护卫队成员。"

"啊,那他会不会被杀害?"李柯布担心地说。

"没关系,他只是个克隆体而已。"吴恒安慰李柯布说,"真的王天亮教授,还在国大的外星生物研究所。"

"什么?"李柯布闻言大吃一惊,"核潜艇里的王天亮,是个克隆人?"

"没错,"吴恒点点头,"不只王天亮,核潜艇里的张翔,其实也不是真的张翔,而是他的克隆体。你也可以把他们理解为'分身'。"

"核潜艇里的张翔教授,也是一个克隆体?"李柯布更加吃惊了。

"是啊,"吴恒说,"在核潜艇里的时候,来不及给你细讲。我让妮娜偷偷到张翔的休息舱查看,发现他在服用吡唑化合物。你知道，这些药物是用于抑制复制体的细胞产生突变的，正好证实了我的猜测。"

李柯布想起他在张翔的休息舱里，也看到了吡唑化合物。当时，张翔解释说是为了预防核辐射。

"我提醒过你，对你的老师防着点儿，免得他把你卖了你还帮着他数钱呢，可你不信。"妮娜说，"现在你知道了吧，你的老师不仅是个外星人，还是个复制体。"

"这到底是怎么回事？"李柯布不明白，张翔为什么要克隆一个自己。

"你的那位外星好老师，应该是盗取了我的人体克隆技术，违法复制了一个自己。"吴恒解释说。据他推测，张翔应该是利用"超级代码"解决了他那项人体打印技术中的一些难题，通过"超级代码"精准打印出活体细胞，然后把记忆芯片植入打印体，从而制作出与真人一模一样的复制体。当然，之前张翔失败过很多次，直到第113号复制体才成功。这也是核潜艇里的张翔，被"超级代码"叫作113的真正原因。

"原来如此！"李柯布恍然大悟。

在核潜艇里，当"超级代码"量子计算机把张翔叫作113时，李柯布就觉得很可疑。他万万没想到，现在真的有人在用人体复制技术。

第六章 克隆体

"张翔体内的外星人，利用张翔的复制体，在核潜艇上替他做事。而张翔本人，现在不知道躲在哪里呢。"吴恒说完叹了一口气，继续说道，"接下来，拯救核潜艇上的科学家，还有拯救全人类的任务，都靠你了……也只有你，才能完成这项任务。"

"我一个人能做什么？"李柯布不解地看着吴恒，"为什么你提前猜到了这些，却不告诉世界联合组织，阻止张翔的阴谋？"

"我告诉世界联合组织，会有人信吗？没有足够证据，反而会打草惊蛇。"吴恒苦笑着说，"张翔利用强大的'超级代码'量子计算机，制造各种虚假信息，欺骗世界联合组织。我之前，也只是怀疑，并没有任何证据。直到我登上核潜艇进行调查，并与像我一样质疑'超级代码'演算结果的二十多位科学家一起讨论时，我才确信这些。"

"我在核潜艇上的时候，也觉得张翔教授有时候怪怪的，不像是他本人，原来是个克隆体，"李柯布恍然大悟，"我竟然被他给骗了。"

"被骗的不止你一人，核潜艇上的两千多位科学家，世界联合组织的各国代表，都被他骗了。"吴恒摇头苦笑，"我们的当务之急，是去找莱教授，想办法清除我们身上的外星催化剂，再解救核潜艇上的科学家。"

他看了看李柯布和妮娜,说:"好了,你们也累了,先好好休息一下。"

轮船在开往陆地的航线上快速行驶着,天色渐渐变暗。

妮娜带着李柯布来到一间卧室,为他煮了一杯咖啡,说:"你先在这里休息一下,船十个小时后就靠岸了,我们还有很多事情要做。"

深海里,核潜艇在继续下潜。

核潜艇底层植物园旁的一个秘密舱里,"张翔"盯着监控屏,密切关注着李柯布、吴恒、妮娜、王天亮的动向。

从李柯布被注射免疫加强针开始,到他回休息舱睡觉、发现有人在他休息舱里、追到门外被扎了一针,再到李柯布、吴恒、妮娜、王天亮四人商讨对策,潜入"超级代码"室试图破解密钥操控"超级代码",最后不得不放弃,然后逃出核潜艇,他们的一举一动,都是在"张翔"的监视之下。

吴恒、李柯布和妮娜坐着逃生舱逃走后,"张翔"才来到"超级代码"室,开启"超级代码",与它对话。

"王天亮被护卫队抓住了,吴恒、李柯布、妮娜逃出了核潜艇,""超级代码"问,"要击毁两艘逃生舱吗,113?"

"不用。""张翔"说,"让他们逃走。"

"好的,113。""超级代码"说,"真搞不明白,为什么前面那些科学家逃走,你要击毁他们,而吴恒教授、李柯布教授、妮娜逃走,你却放他们走?人类的思想,有时候真的很复杂,难以捉摸。"

"他们还有用。""张翔"微微一笑,"在你们人工智能的世界里,一件事情只有简单的'0'和'1',而对人类来说,同一件事情,根据每个人的年龄、学识、认知、种族、信仰、利弊等,会有着千千万万种不同的看法,有的看法可能会截然相反、天差地别。所以,人工智能是不可能取代人类的,因为人工智能的思想相对复杂的人脑而言,还是太简单了点。"

"就像你是张翔教授的克隆体113,永远都不可能取代张翔教授一样吗?""超级代码"问。

张翔克隆体113闻言脸色一变。

"胡说!"张翔克隆体113恼怒地说,"谁说我不可能取代张翔教授?他是人,是人的话总有一天会死;而我是克隆体,克隆体可以无限复制,总有一天,我会取代他!"

"别忘了,你只有张翔教授的部分记忆和技能。""超级代码"实话实说,"就像在核潜艇里,你只能操控我执行'海底计划',所有违背'海底计划'的指令,都是无效的。因为你不知道密钥是什么，只有张翔教授本人才知道密钥，你故意任由张翔教授的学生李柯布来破解密钥，但也失败了。这就是你和张翔教授本人的最大区别，你永远都不可能成为张翔教授本人。"

"可恶！"张翔克隆体113气得牙痒痒，"总有一天，我会得到张翔教授的全部记忆和技能的，你等着瞧！"

"现在，你放走吴恒、妮娜和李柯布的恶果已经显现了，""超级代码"说，"就在刚才，我遭到了十多个黑客的入侵，攻势异常激烈。"

弧形屏幕上，呈现系统的源代码数字流，一些源代码正在遭到恶意篡改，"超级代码"随即将其恢复。遭到攻击的源代码越来越多，"超级代码"穷于应付。

张翔克隆体113惊愕地问："是谁干的？"

"还会有谁？""超级代码"说，"现在外界只有逃出去的吴恒他们知道我的存在，肯定是吴恒找了黑客高手，想入侵系统操控我。我感到越来越难以招架了，系统迟早要被他们攻破！"

"有什么建议吗？"

"目前来看，最好的办法是，建议张翔教授先关闭远程操控，这样就不受外界的困扰了。"

"好，马上联系张翔教授，我来跟他说。"

"超级代码"接通张翔教授，弧形屏幕上切换为张翔的影像视频。

"113，进展如何？"张翔问。

"进展顺利，"张翔克隆体113说，"只是遇到了点小麻烦。"

"什么麻烦？"

张翔克隆体113把黑客攻击"超级代码"系统源代码的画面呈现给张翔看，称可能是吴恒找了十多个黑客对"超级代码"系统进行攻击，建议先关闭远程操控。

"这吴恒，处处跟我作对！他是怎么知道'超级代码'在深海潜水艇里的？"张翔懊恼地说。

"听说他最近找了个很厉害的特工，叫妮娜，几乎没有什么能瞒得过他们。"张翔克隆体113说。

"好吧，那就先关闭'超级代码'的远程操控，"张翔说，"核潜艇上的一切事务，就交给你啦，113，你替我多担待点。"

"放心吧，这是我应该做的。"张翔克隆体113对着屏幕里的张翔微微鞠了一下躬。

"辛苦啦。"弧形屏幕里的张翔影像消失。

此刻，核潜艇指挥室里，库巴将军正在对护卫队长奥克森大发雷霆。

"一群废物！"库巴将军训斥奥克森说，"这些人都看不住，居然让他们给跑了！"

"我们搜遍了整个核潜艇，也没找到他们。"奥克森说，"我认为这件事不简单，肯定是有人帮助他们逃跑的。"

"不要找理由！"库巴将军差点要拍桌子了，"他们要是逃走了，给全世界造成恐慌，你让我怎么向世界联合组织交代?!"

张翔克隆体113走进指挥室里："库巴将军，找到吴恒教授了吗？"

"没有找到，"库巴将军说，"只找到了吴恒的学生王天亮教授，他说也不知道吴教授去了哪里。我们已搜遍了整个核潜艇，都没有找到吴教授的身影。另外，尼克、克劳德，还有另外的几位科学家，也统统都没有找到。"

"我的学生李柯布也不见了。肯定是吴恒干的，这家伙，总爱跟我作对。他一定把李柯布绑架了，然后带着那些科学家逃走了。"张翔克隆体113装作懊恼地说。

"我当时就问过你，要不要把他们都关起来，"库巴将军抱怨，"可你总是说还要靠这些人，对他们友好一些。现在好了，捅出这么大的娄子，他们要是逃到外面，给全世界造成了恐慌，我们都摆脱不了干系！"

"我会对这件事负责的，"张翔克隆体113抱歉地说，"他们不相信'超级代码'的演算结果，接受不了深海的孤独，最终竟做出这样极端的事。"

"负责，你负得了这个责任吗？"库巴将军咆哮着。

"抱怨没有任何意义，当务之急，应该号召核潜艇上所有的科学家，加快速度前进，尽快修复好海底基地，拯救人类。"张翔克隆体113说，"另外，我会告知世界联合组织，让他们派国家特别行动员尽快抓住这些人。你只需要维护好核潜艇上的秩序，外面的事不用你操心。"

"好吧，"库巴将军点点头，"现在看来，也只能这么做了。"

"把王天亮给我带来，我来做做他的思想工作。"张翔克隆体113说，"现在正是用人的时候，李柯布不在，我缺个助理，我有办法说服王天亮担任我的助理。"

李柯布躺在床上，毫无睡意。对他来说，这几天发生的事情太多了，令他应接不暇，猝不及防。他需要好好地梳理一下。

不知不觉间，他回想起了很多过去的事情。

他活得太久了，换过很多身份和名字。他还记得，在那个改变命运的夜晚，天空中突然出现一个发光的圆盘。那是明朝嘉靖年间的夜里，当时他是一个年轻的石匠。工棚外出现了一个巨大的发光体,把他吸了进去,几个模样狰狞恐怖的人形怪物剖开他的胸膛进行观察。他吓晕了过去。后来,发光体不见了,他回到家里,从此一直保持年轻容颜,活了五百多年。

二十六岁时,他终于如愿以偿,娶了村里最漂亮的伊依为妻。然而,四十二岁时,伊依因病去世。时间就是这么残酷,只给了他与伊依十六年的相处时间,却给了他无尽的时间,来承受思念亡妻的痛苦。

他和妻子一直没有孩子。后来他才知道自己无法生育,可能到那个不明发光体去了一趟,导致他失去生育能力。

五十三岁时,父母相继离他而去。从那以后,他就成了一个真正的"孤家寡人",独自苟活于这纷繁复杂的世界。无论是酸甜苦辣,还是喜怒哀乐,都只有他一个人独自感受。

一百岁的时候,他还是二十多岁的模样,但心态已垂垂老矣。他的意志变得消沉,感觉世界没有了新意,大好河山他早已看了个遍。他觉得自己的人生,就是在不停地重复着,没有什么意思;对妻子和父母的思念、记忆,反而成了一种负担。

终于有一天,他幡然醒悟:应该把过去的事情放下,只有这样,才能接纳新的事物,才能感觉到生活的乐趣,才能看到新的希望。

后来,李柯布认识到世界很大,应该到外面去走走。他开始疯狂地学习各国语言，漂洋过海，四处游走。他见识了世界的美好和繁华，也看到了战争、贫穷和疾病给人类带来的痛苦。他利用自己积累的医学知识，沿途救助受苦受难的人们。在那些年月里，他有意识地学习一些先进的医学知识，令自己的医术突飞猛进。

在国外游历的日子里，他见证了两次工业革命对人类世界造成的巨大影响，意识到是科技加快了人类向现代文明迈进的步伐。同时，他还注意到工业革命对人类自然环境的破坏，认识到科技是一把双刃剑，可以造福人类，同样也可以毁灭人类。

他在欧洲、非洲、美洲游历了近三百年的时间，其间也偶尔回到国内，感受到祖国由强变弱、任人宰割，又逐渐由弱变强的过程。他发现一个人的力量是多么薄弱，只能拯救很少的人，唯有从思想上改变，才能够拯救全人类。他在各国游走时，希望凭借自己丰富的历史知识，游说各国领导人。但是在利益面前，一切的努力都是徒劳无功——世界在短暂的平静之后，是更大的动荡。

他终于明白：一切都是过眼云烟，唯有科技，牢牢掌握科学技术，才能够让一个民族立于不败之地。

他能够预见，在不远的将来，或许还会爆发第三次世界规模的战争。只有掌握了科技，才能改变一个国家或地区的命运。

时间终将过去，而未来属于科技。

进入二十一世纪，很多国家都在竞相研究AI，并涌现了诸如ChatGPT、DeepSeek等人工智能大模型。AI是二十一世纪三大尖端技术之一——另外两项是基因工程和纳米科学。它是一种使计算机模拟人的某些思维过程和智能行为的技术。说白了，就是让机器能够产生类似人脑的智能，以及行为。其工作原理，也和生物神经大脑一样，通过矩阵数量、多层组织链接一起形成的神经网络"大脑"，进行各种精准复杂的信息处理，就像人们识别物体标注图片时大脑的处理一样。

李柯布注意到，由中国、美国、英国、俄罗斯四国科学家组成的某个顶尖计算机团队，正在进行一项代号为"超级代码"的人工智能量子计算机研究任务。他设法进入这个团队，成为项目负责人张翔教授的得意门生。

终于有一天，当这个团队的成员清晨从梦中醒来时，计算机的屏幕上跳动着一行字"Mission Accomplished"（任务完成）。团队成员们都兴高采烈，感叹多年辛苦没有付诸东流。

团队负责人张翔高兴地向全世界宣布："我们可以让'超级代码'，预测人类的未来。"可惜的是，李柯布没有等到这一天，他在"超级代码"快要取得成功的时候，预感到了人工智能的可怕，担心这种超越人类智力与脑力的新物种一旦失控，将会对人类造成毁灭性的后果，因而离开了团队。

事实证明，李柯布的担忧不无道理，张翔果然利用"超级代码"操控了世界联合组织，为他打造了一艘超级核潜艇。

张翔究竟想干什么，无人知晓。如果真如吴恒所说的那样，张翔是一个外星人，他要利用这些全球顶尖的科学家，在海底秘密进行将人类催化成外星人的实验，把地球变成外星基地，让外星人入侵地球，那就真的太可怕了。

这些年来，李柯布也有意识地搜集一些有关外星人的资料。奇怪的是，那个发光圆盘和似人非人的怪物再也没有出现过。很多所谓的目击资料和影像资料，不过是有人出于某种目的捏造或恶搞的信息，不能当真。或者说，当他想去调查这些信息时，一些真正有用的信息，已经被人删除或隐藏。

当清晨的一缕阳光透过窗户照进李柯布的卧室，不知不觉中，船已靠岸。李柯布看着船舱外的景色。尽管寒冷，但码头上的人们依旧忙忙碌碌，一点也不像核潜艇上张翔所说的世界到了末日。看来，张翔和"超级代码"，的确欺骗了大家。

吴恒、妮娜带着李柯布，登上了等候多时的大巴，前往机场。

"我们这是去哪里？"李柯布问。

"先回国大生物研究所，吴恒教授的实验室。"妮娜说，"莱教授和真正的王天亮教授，都在那里。"

"王天亮还不知道他的克隆体跟着我去了核潜艇，"吴恒说，"当时他去国外参加一个UFO国际会议，我就借用了他的克隆体。一会儿见到他，你们可别说漏嘴了。"

李柯布觉得，还是应该先去报告世界联合组织，让世界联合组织派特种部队悄悄潜入核潜艇，去解救那两千多位科学家。但吴恒认为，这个时候去找世界联合组织，很容易泄密。"超级代码"太强大了，它会借助各种电子设备截获信息，说不定特种部队还没到，它就已经获得信息，这样反而会危及两千多位科学家的生命。

"如果我们想办法得到源代码密钥，远程控制'超级代码'，夺回核潜艇的控制权，"吴恒若有所思地说，"那事情就好办多了。"

第七章　神秘杀手

国大生物研究所位于美丽的滨海城市，风景秀丽。

王天亮站在生物研究所门口，百无聊赖地看着国大教学大楼里面。生物研究所虽然一直都是国大的一个重量级研究所，但并不包括他所在的外星生物研究所。就在去年，外星生物研究所被合并到生物研究所里面，这让他感到很憋屈。

外星人是否真的存在，都是一个问题，更不要说是研究了，根本就是纸上谈兵。

王天亮无奈地想着，抬头看去，只见穹顶上面是层层叠叠的雕像，穹顶的巨大拼花玻璃透出五彩斑斓的光芒。风格诡异的现代化壁画旁边，是一座巨大的中世纪雕塑，经历过战争的洗礼，身上弹痕累累，已被改造成为一个机械艺术品。这里曾经是一所大学，张翔教授在任教期间，动员大批人手将这所被战争毁坏得面目全非的大学进行了重新修缮。

这里不仅是国内最有艺术氛围的学校，还有着国内最先进的学术研究，以及一群世界顶尖的优秀学者。

下课铃响了。一个女生轻快地跑了过来："王教授早上好。"

王天亮微笑地回应："早上好啊，夏瑞。"

那女生脸上露出惊喜："教授您还记得我啊？"

"当然了，你前几天来上过我的课，最近几天没见到你了。怎么样，喜欢我的课吗？"

"我对老师讲的外星文明研究最感兴趣了。"那女生说，"对了，王教授，我一直想问您一个问题，外星人真的存在吗？"

"宇宙那么大，光是银河系就有三亿多颗宜居的行星，为什么别的星球上就不能有生命出现？概率相当大呀。"王天亮正想展开细说，一瞥眼看见吴恒坐着轮椅，带着妮娜和李柯布来到生物研究所门口，只好对那女生说，"我今天没空，改天有时间，我再给你细讲。"

"欸。"那女生高兴地应着，一溜烟跑开了。

"王教授真是魅力不可挡啊。"吴恒看着王天亮，调侃说。

"老师千万别误会，我可是个工作狂，传道授业解惑是我的职责所在。"王天亮看到李柯布，感到很惊奇，热情地与李柯布握手，"李教授，好久不见！"

"王教授，你好啊！"李柯布感觉有些说不出的别扭。核潜艇里的王天亮克隆体，真的跟王天亮太像了，真假难辨。他至今还无法接受，核潜艇里的那个王天亮是克隆体，面前这个才是真的王天亮。"其实，我们前两天刚见过。"

"我们前两天见过？"王天亮有些糊涂了。

吴恒和妮娜连忙给李柯布递眼色。

"噢，开个玩笑！"李柯布笑了笑，"我的意思是，时间过得真快，距离上次咱们见面，仿佛就过了两天。"

王天亮并没有放在心上，他的目光，早就被一旁的妮娜深深吸引了。

"这位美女是？"

"哦，忘了给你介绍，"吴恒说，"这是妮娜，我的学生兼助理。"

"老师什么时候有这么漂亮的助理，我怎么不知道？"王天亮热情地向妮娜伸出手，"妮娜，你好啊，我是国大外星生物研究所的王天亮教授，研究外星人的。"

妮娜显然也不太习惯另一个王天亮的出现，她迟疑地伸出手："您好，王教授！"

王天亮目不转睛地盯着妮娜，握着妮娜的手不放："面熟！我肯定在哪里见过！你是不是来上过我的课？"

"妮娜常年住在国外，最近刚回来。"吴恒说，"你以前在我家里见过,不过那时她还小。"

"哦,我说呢,都长这么大了,真是女大十八变啊,我都快认不出来了。"王天亮说,"美女,改天有空到我的办公室坐坐啊!"

王天亮说的这些话,妮娜刚见到他的克隆体时,那克隆体也这么说过。妮娜不禁有些乐了:王天亮的克隆体和王天亮本尊,真是本色不变啊。

王天亮看到妮娜忍不住笑了,有些丈二和尚摸不着头脑:"怎么,我说的话,有那么好笑吗?"

妮娜终于忍住了笑:"没有,我想起了吴恒教授说过,你们做外星生物研究的,看来都很闲啊。"

吴恒对王天亮说:"你这会儿有时间吗?到我的实验室,有件重要的事情需要我们一起商讨。"

"有啊,"王天亮说,"什么事?"

"进去说。"

他们走进实验大楼,来到一扇大门前。吴恒输入了密码,大门缓缓开启。

然而,眼前的一幕,让四人震惊。

只见实验室里,几位研究人员横七竖八地躺在地上,殷红的鲜血从他们的胸膛流到了地板上,有的研究人员手里面还拿着破碎的试管。看来,意外来得太突然。

吴恒赶紧摇着轮椅进去,李柯布、王天亮、妮娜也紧跟着冲了进去。

"妮娜,快,赶紧去看看我们的实验结果有没有被偷走!"吴恒紧张地对妮娜说。

妮娜冲到实验桌前,拉开抽屉,发现里面的实验报告都不翼而飞。

"都不见了,里面都是空的!"妮娜说。

"我们到下面去看看。"吴恒打开一扇门,只见里面有部通往地下的电梯。

原来,地面上的实验室只是为了掩人耳目,地下才是实验室重地,很多重要实验都是在地下实验室完成的。地下实验室里的设备非常先进,安保系统也堪称一流。

四人走出电梯,只见一扇玻璃门大开着。地下实验室里摆放着各种价格高昂的精密仪器,极具未来感。他们走了进去,李柯布看见墙边放着一台细胞分析仪器,他知道这台仪器的价格非常昂贵,每一次使用都要耗费巨大的成本。

吴恒遥控轮椅径直往里冲。最里面的一个玻璃房间里,一个白发苍苍的老教授趴在工作台上,似乎还在伏案工作,仿佛楼上发生的一切,并没有影响到这位老人家。

吴恒推开门进去，问道："莱教授，你还好吧？有没有听见楼上有什么动静？"

莱教授没有回答。

吴恒遥控轮椅靠近了一点，拍了拍莱教授，莱教授还是没有反应。

吴恒将莱教授的身体翻了过来，赫然看到他的胸口插着一把匕首，鲜血染红了他的衬衣，血还在往下滴着。

"莱教授……"吴恒悲痛地大叫。他抬头看到书架旁的密室门大开着，便转动轮椅进了密室，发现密室中央的台子上是空的。

"量子信号发射器……被人拿走了……"吴恒喃喃地说，双眼充满了愤怒，"这一切，肯定是他干的！"

"谁？"李柯布不解地问。

"除了你的好老师张翔，还有谁?！"吴恒咬牙切齿地说。

"从哪里可以看出，是他干的?"李柯布还是不明白。

"因为需要量子信号发射器的，只有张翔，没有别人。"吴恒转动轮椅，出了密室，"量子信号发射器是我们在外星基地缴获的仪器，据研究，它可以给距离几万光年外的外星发射信号。可能张翔认为他的外星催化技术已经成熟，想用量子信号发射器向母星发射信号，通知母星的外星人来入侵地球。他挟持两千多位科学家在深海修复外星基地,来个里应外合。"

吴恒看到莱教授的手中拿着一张老照片。他拿起照片一看,只见那上面几位研究人员举着一个玻璃瓶,玻璃瓶中装着一个身形扭曲的怪异生物。

"还记得我给你们说过的那个特别科研小组吗?当时,我们对外宣称是环境勘察,但实际上,是对外星生命进行研究。"

吴恒说着,思绪回到了好几年前。那时,他刚到实验小组,面对巨大的实验仪器、发射装备感觉特别新奇。当然最神秘的,当数培养瓶中扭曲的怪异生物。当时的研究人员,就是照片上面的那几个人。他和莱教授,就是在那个时候结下了深厚的友谊。

"这项研究,持续了几年的时间,我们不但在英国首都找到了张翔的外星基地,还缴获了他的量子信号发射器。"说到激动之处,吴恒开始咳嗽起来,他喝了一口水继续说,"只是我想不明白,张翔是怎么找到我在地下的秘密实验基地的。他的'超级代码'应该搜索不到这个位置,这里装有反雷达装置,任何卫星都发现不了。"

"赶紧报警,让警察找到张翔,把他给抓起来。"妮娜说。

"报警,我们怎么说呢?说张翔是外星人,说这些人是被外星人给杀了,谁信啊?警察会信吗?"王天亮说,"我是搞外星生物研究的,我都不信。"

"我们现在被注射了外星催化剂，必须立即找到解药，还得想办法破解源代码控制'超级代码'来解救科学家，另外还要阻止张翔发射量子信号！"李柯布的思绪有点乱。他努力使自己冷静下来，"这也太夸张了，十个国家的特别行动员恐怕也完不成这些任务吧！"

"确实，要做的事情太多了！"吴恒感叹。

李柯布认为，解铃还须系铃人，当务之急，是尽快找到张翔教授本人，想办法和他谈判。

吴恒觉得不妥。他认为，去找张翔，无异于与虎谋皮，自投罗网。

"我觉得，还是先保护好吴恒教授，"妮娜说，"这里太危险了，不宜久留。"

众人同意。李柯布提议到他的秘密住所去，那里比较隐秘，很少有人能找得到，连张翔也不知道。

李柯布所说的秘密住处，指的就是悬崖边上的别墅。它隐藏在茂密树林里，相当隐蔽。他害怕被别人打扰，特意选择了这个地方。悬崖下面是宽阔的海面，景观相当不错。

妮娜、吴恒、王天亮跟着李柯布来到他的隐秘别墅。映入他们眼帘的，是一幢古典风格的住宅，黑色的漆木大门上面镌刻着精美的花纹。

第七章 神秘杀手

"没想到,你还有一栋这么奢华的别墅。"妮娜说。

"谈不上奢华。"李柯布说,"每当我心情不好,或者是不想跟外面的人打交道的时候,我就会躲到这里来做自己的研究。这里没有什么人过来打扰。"

他们进入别墅中。客厅里灯光昏暗,墙上的油画典雅又诡异。

李柯布为三人安排好休息的房间,刚想回自己的卧室休息时,突然感到一阵剧烈的眩晕,差点儿晕倒在地。

"你怎么啦?"妮娜看到李柯布脸色发白,身体摇摇欲坠,不由得担心地问。

"没事,"李柯布强忍着眩晕,努力使自己站稳,"可能是低血糖引发的。"

妮娜急忙上前扶着李柯布,在客厅的沙发上坐下来。李柯布从口袋里掏出一块巧克力,吃了进去。

吴恒查看李柯布的手腕,发现上面的白色斑点已经扩散到胳膊处了。

"不是低血糖,可能是外星催化剂起作用了,"吴恒皱着眉头说,"必须赶快找到解药,否则,柯布很快就会丧失人类意识,彻底变成外星人。"

"那该怎么办呀?"妮娜着急地说。

吴恒沉思片刻，说："目前来看，只有铤而走险了。"

"怎么铤而走险？"妮娜问。

"这可能是唯一能拿到解药的办法，就是柯布直接去找张翔，假装归顺他。只是不知道，柯布愿不愿意这么去做。"吴恒说。

"啊？假装归顺张翔？"妮娜和李柯布都呆了呆，"他会信吗？"

"根据我对张翔的了解，他会信柯布。"吴恒说，"据我猜测，核潜艇上的张翔克隆体113，可能已经背叛了张翔。妮娜，你是不是有一次在监听张翔与张翔克隆体113的对话时听到，张翔曾完全授权让李柯布操控'超级代码'？"

妮娜点点头："是的，我听到张翔说，为了防止核潜艇里发生意外，他特意告诉张翔克隆体113，授权让李柯布完全操控'超级代码'，若核潜艇上发生意外，将由李柯布接替张翔克隆体113，通过操控'超级代码'来驾驭核潜艇。"

"然而，我们进入'超级代码'室后，柯布为什么不能操控'超级代码'呢？"吴恒说。

"那就说明是张翔克隆体113在背后搞鬼！"李柯布也醒悟过来，"那113看起来怪怪的，他的很多行为方式跟张翔不太一样。"

"相信张翔本人也已经发现克隆体113有些不对劲了。所以,只要你去找张翔,说张翔克隆体113已经背叛了他,你逃出核潜艇就是为了向他通风报信,就能得到他的信任,跟他要解药。"吴恒说,"而且,张翔肯定想夺回'超级代码'的控制权。当他输入源代码操控'超级代码'时,你不就也知道了吗?等你掌握了源代码,便能操控核潜艇返回陆地,解救上面的科学家们了。"

"我觉得可行,"王天亮赞同说,"果然还是吴教授有办法!"

"可是,我们怎么知道,张翔教授的本体现在在哪里?"李柯布说。

"这就交给我了,"妮娜笑着说,"别忘了我以前是干什么的!"

"找到张翔的住址后,为防不测,妮娜和王天亮跟着柯布一起去,在暗中保护他。"吴恒说,"万一发生什么意外,也好帮助柯布逃离险境。"

"那好吧,"李柯布说,"目前也只有这个办法了。"

妮娜立即行动起来。她拿出一台仪器,秘密监听和搜寻张翔的下落。张翔在好几个国家都有自己的房产,行踪飘忽不定。不过妮娜通过各种千丝万缕的线索,很快就推断出,张翔目前极有可能藏身于国内一家由他新成立的新能源企业总部,并且地点就在本市。

四人立即计划好第二天的行动方案,随后各自回房休息。

夜里,李柯布躺在床上,脑子里思绪混乱,辗转难眠。

悬崖下海浪冲击礁石的哗哗声,就仿佛他翻涌的思绪,难以平静。

不知过了多久,李柯布才沉沉睡去。

第八章　忒修斯之船

核潜艇继续下潜。

张翔克隆体113利用"超级代码",与众多科学家、建筑师等通宵达旦,争分夺秒地不断完善海底城市建设计划。一些难题逐步得到解决,一个可操作的、臻于完善的海底城市建设方案呼之欲出。

在新的海底城市建设方案里,建筑群以蜂窝状集群为主,通过可伸缩的磁悬浮隧道相连接,以增强抗压能力和扩展性。整个海底城市,划分为四大功能区:核心区、能源区、农业区和工业区。其中,核心区以居住、科研为主,能源区以地热站、核聚变发电站为主,农业区以垂直农场、深海鱼饲养为主,工业区以材料制造、废物处理为主。磁悬浮隧道,是利用海水浮力与磁悬浮技术构建的快速运输系统,类似陆地上的磁悬浮列车。

房屋等建筑,采用球形或椭球形主体,这样可通过均匀受力分散深海压力。建筑结构则采用双层嵌套结构,外层为钛合

外星异客

金-石墨烯复合材料之类的高强度材料，内层为仿生水凝胶的柔性缓冲层，中间填充轻质惰性气体。在建造海底房屋时，将通过3D打印技术，使用海底玄武岩熔融打印建筑框架，减少运输成本；再掺入玄武岩纤维和生物矿化材料制作深海混凝土，强度可达到一百五十兆帕以上。利用透明铝氧氮化物制作观景窗，抗压强度是传统玻璃的十倍。纳米机器人实时监测房屋建筑，并修补材料微裂缝。

至于氧气的供给，也有很好的解决方法：可通过电解海水制氧，直接分解海水得到氧气，效率可达百分之八十五。副产物氢气，则用于燃料电池或合成甲烷燃料。另外，利用人工光合成系统，培育转基因蓝藻，在LED红光下实现高效产氧，据估计，每立方米光生物反应器，日产量可达三百升氧气。

此外，在耐压玻璃穹顶内种植红树林变种，建设"海底森林"，营造海底生态系统。利用LED光谱调控种植海带、螺旋藻等高产作物，并在封闭循环系统内，培育深海鳕鱼等耐压物种，进行深海鱼类养殖。再利用3D打印碳酸钙骨架制作人工珊瑚礁，移植基因改良珊瑚虫，加速礁体生长；引入硫氧化菌、甲烷古菌，构建化能合成食物链基础，打造深海微生物圈，构建生态群落。

这些构想，无一不凝聚着当今各领域顶尖科学家的心血。

第八章　忒修斯之船

进餐时间,"超级代码"室里,只剩下张翔克隆体113还在忙碌。

王天亮戴着电子手铐,被两名护卫队队员押着,送进"超级代码"室。

"把王教授的手铐解开,你们退下吧。"张翔克隆体113对两名护卫队队员说。

两名护卫队队员解开王天亮的电子手铐,离开了"超级代码"室。

"接下来,你就接替李柯布,协助我的工作吧。"张翔克隆体113对王天亮说。

"我为什么要协助你工作?"王天亮一副不卑不亢的样子。

"行了,你就别演了,这里没有外人。"张翔克隆体113微笑着说,"你的老师没告诉你吗?他故意把你留下来,就是让你接替李柯布,协助我完成'海底计划'。"

"谁信你的鬼话。"王天亮讥讽地说,"你以为我不知道,你并不是张翔本人,你不过是他的克隆体113。你以为你可以完全替代张翔教授吗?"

"克隆体怎么啦?你还不是跟我一样,是个克隆体。"张翔克隆体113听了王天亮的话,并没有生气。

"什么?"王天亮克隆体以为自己听错了。

"你的老师吴恒都跟我说了,真正的王天亮在国大生物研究所,你和我一样,都是留在核潜艇里干活的克隆体。"张翔克隆体113看着王天亮,此刻王天亮的反应,就和他当初刚听到自己是一个克隆体一样震惊。

两个月前,吴恒找人绑架了张翔克隆体113,逼他说出量子信号发射器的密码,他对此竟然一无所知。这时他才明白,自己不仅只是张翔的一个克隆体,只拥有张翔的部分记忆,张翔为了防止他背叛,还在笔记本电脑上备份了自己的完整意识。张翔克隆体113整个人都蒙了。他没想到,在张翔的眼里,自己完完全全只是他的一个工具!

也正是从那一刻开始,张翔克隆体113就发誓,终有一天,他要取代张翔。他不要做什么113,他要成为真正的张翔——唯一的张翔。

"你胡说!我怎么可能是克隆体?"王天亮感到难以置信,"这不可能!"

"行了,你也别怨天尤人,克隆体怎么啦?克隆体也是人,也有自己的思想。"张翔克隆体113很能理解王天亮此刻的心情,"你就认命吧,咱们克隆体呢,最主要就是要干出成绩,证明自己的价值,证明自己存在的意义。"

"不！不！这不可能，这不是真的！"王天亮克隆体惶恐地摇头，"我才是真的王天亮，国大生物研究所的那个王天亮才是克隆体，他是克隆体，我才是真的王天亮！吴恒一定是搞错了，吴恒肯定搞错了！"

他扑通一声跪在地上，抱住张翔克隆体113的脚，恳求说："求求你，求求你放我出去，我要回国大生物研究所，把那个王天亮杀了，他是假的，他是克隆体，我才是真的王天亮！"

张翔克隆体113冷哼一声，一脚踢开王天亮克隆体："放你出去？来到核潜艇上，都休想出去！那些想逃出去的科学家，除了吴恒、李柯布、妮娜，统统都被击毙了！你想跟他们一样吗？"

王天亮克隆体再次扑向前，抱住张翔克隆体113的脚，发疯似的喃喃自语："我才是真的王天亮！我才是真的王天亮！你们肯定搞错了！快放我出去，我要回国大生物研究所，把那个王天亮杀了，他才是克隆体……"

张翔克隆体113不耐烦地叫道："'超级代码'！"

"我在，113！""超级代码"量子计算机回应说。

"通知护卫队，这人疯了，把他关押起来，好好进行自我反省，认清他自己究竟是谁。"张翔克隆体113说。

"好的，113。""超级代码"说。

过了一会儿，两名护卫队队员进来，把王天亮克隆体强行拖走，关押起来。

"什么心理素质！"张翔克隆体113鄙夷地说，"我也是克隆体，我怎么就这么自信呢？"

"人和人不一样，不是每个克隆体，都像您一样拥有着强大的心理素质。""超级代码"说。

"我就是坚信一点，克隆体也是人，也有自己的思想，一点都不比本尊逊色。"张翔克隆体113面露冷酷的神色，"迟早有一天，克隆体会超过本尊的！"

"这我相信。""超级代码"说，"这就是张翔教授放心让您代替他掌管核潜艇的一切事务的原因，他相信您一定能出色地完成任务。"

张翔克隆体113嘴角露出一丝不易觉察的微笑。"作为克隆体，最主要的，是要沉得住气。"

"超级代码"似乎若有所思，发出一声叹息："王天亮的克隆体，的确是不如您。不过，人类要是这么搞，不加节制地滥用科技，总有一天，人类会把自己搞疯的。"

"人类都疯了才好呢，"张翔克隆体113冷笑着说，"人类都疯了，整个世界，就是我们新人类和外星生命的天下了。"

黎明，两声清脆的枪声，打破了别墅区的宁静。

李柯布被枪声惊醒，意识到不妙，爬起来正要去查看发生了什么事，突然王天亮的声音传来：

"吴教授，你怎么了？"

李柯布和妮娜几乎同时冲进吴恒的房间。只见王天亮正扶着吴恒，吴恒的胸部已被鲜血染红。

"怎么回事？"妮娜和李柯布惊愕地问，"吴教授怎么啦？"

"刚才有个黑影朝吴教授开枪后跑了！"王天亮惊恐地说。

"什么人？"李柯布问。

"没看清楚，我听到枪声赶忙起来，就看到一个黑影往外跑……"王天亮说。

他们扶起吴恒，吴恒已经非常虚弱。

"快把吴教授送去医院！"李柯布说。

吴恒轻轻地摇了摇头。由于失血过多，他的脸色变得很苍白。

"来不及了……我可能也快变成外星人，死了也好。"吴恒吃力地睁着眼，嘴唇轻微地动了动，断断续续地说，"别忘了我们的计划……一定要救出核潜艇上的科学家……"

说完，吴恒的头垂了下去。

"老师……"王天亮悲痛地抱着吴恒的尸体，泪流满面。

妮娜也悲伤地流下了眼泪。

"张翔,我要跟你拼了!"王天亮突然抬起头,握紧拳头,怒吼的声音在别墅里回荡。

"冷静点!"李柯布悲痛地拍了拍王天亮的肩膀,说,"我们会为吴教授报仇的!"

三人悲痛了一阵,决定把吴恒的尸体抬到别墅边的树林里掩埋。

李柯布看着吴恒僵硬冰冷的身体一点点被黄土掩埋,这个时候才知道,他们的身体也是如此脆弱。吴恒和他虽然抵御了五百多年时光的荏苒,但仍然无法抗衡致命一击。

他们其实与普通的人类一样,会流血,会痛,也会死亡。

凤凰山,新能源企业总部。

这个修建在半山腰上的别墅,富丽堂皇得如同古代的皇宫。该别墅是十九世纪法国的一个著名商人建造的,斗转星移,现在成了张翔名下的房产。张翔在这里利用新能源技术,成立了一家私人企业。该新能源技术可以催化海水分解,产生氢气作为新能源燃料。廉价的催化方法加上氢气这种节能环保的燃料得天独厚的价值,使得这家企业很快积累了庞大的资本,声名大噪。

第八章 忒修斯之船

李柯布驾驶红色跑车,向新能源企业总部的方向开去。王天亮和妮娜开着另一辆车,紧随其后。

李柯布身上出现蓝色血管和白色能量团的地方,又开始疼痛了。他面前时不时会出现一些奇怪的幻象——前方明明堵车,但是一些车辆能飞快地从车流中穿过去。他使劲地晃了晃脑袋,想把这些奇奇怪怪的景象晃走,但是没有用。

李柯布拿起一瓶矿泉水,喝了几口之后,前面的车流幻象消失了,但路的中央赫然站着一个人。那人缓缓地转过头,李柯布惊呆了,因为那人的脸和自己长得一模一样,脸上露出神秘的微笑。

李柯布猛然刹车,定睛一看,那人却消失了,剩下空空的路面。后面的车辆因为李柯布的突然急刹,差点儿撞上他的车。后面的司机大声地咒骂着,并不断地按喇叭。

李柯布再次启动车子前行。

刚才的幻觉是怎么回事?难道自己的意识要被渐渐吞噬,变成外星人了吗?

李柯布有些担忧地想。

汽车驶入新能源企业总部大门口,李柯布看了一眼手机,上面的定位显示王天亮和妮娜也已经到达。他们兵分两路,从不同的门口进入。

李柯布身上带着王天亮给他的一把碳纳米制作的微波手枪，安然通过了门口的金属探测仪。他泰然自若地走进了这座堡垒一样的大厦。到处都有来回巡视的机械保安。员工们在自己的岗位上有条不紊地工作着，没有人理会他这个陌生人的到来。

李柯布来到电梯口，进入电梯内，按了一下顶楼的楼层键。

顶楼是一个富丽堂皇的大厅，看起来好像是在准备什么大型舞会，到处都是鲜花和香槟。李柯布行走在鲜花丛中，随手拿起一杯香槟，轻轻地抿了一口，泰然自若地走到阳台边，假装欣赏下面的风景。当他看见下面来来往往巡视的机械保安，不自觉地摸了一下微波手枪。

董事长办公室里，老式的留声机正放着舒缓的乐曲。

张翔站在大屏幕前，与大屏幕里的人通话。屏幕里的人，与他长得一模一样——那是在深海核潜艇里的张翔克隆体113。

"113，进展如何？"张翔问，"柯布是否按照我们的计划执行？"

"是的，柯布已经相信'海底计划'是延续人类文明的最佳方案了。"张翔克隆体113说，"正按照计划推进。"

"非常好，"张翔说，"113，你做得非常好。必须加快速度推进。另外，要尽快研究出我们人马星人与地球人的融合之道，从根本上解决母星同胞的生存问题。"

"好的，我明白。"张翔克隆体113说。

"你就替我好好处理核潜艇上的事务，其他的不用操心。"张翔说，"至于吴恒，我来想办法对付他。有什么新进展，及时向我汇报。"

"好的，没问题。"张翔克隆体113说完，影像从屏幕上消失。

机器人助手倒了一杯咖啡，端到张翔面前。

"谢谢。"张翔接过咖啡，"你真是太体贴了。"

"应该的。"机器人助手说，"没什么事我先出去了。"

"好。"张翔点点头，品了一口咖啡。

机器人助手走了出去，带上门。

李柯布拉开窗帘，从阳台上面跳了进来。他刚才悬挂在墙壁上面，仿佛一个"蜘蛛人"。他收好手腕上细如发丝的线。这是用最纤细的碳纳米管纤维制作的，虽然直径不到头发的十分之一，强度却如同一捆直径十厘米的钢丝。

张翔听到身后有响动，转过身来，看到李柯布。

"柯布？"张翔惊讶地看着他，"你怎么会在这里？你不是在核潜艇里吗？"

李柯布仔细地打量着张翔。

面前这人，的确是张翔。他看起来要慈眉善目得多。而核潜艇里的那个张翔，明显要冷酷一些。

看来，吴恒没有骗他，在海底核潜艇里的那个张翔，真的是一个克隆体。虽然容貌都是一样，但是有没有感情，还是看得出来的。

"我从核潜艇里逃出来了，"李柯布说，"老师，您的克隆体113，背叛了您。"

"什么？"张翔闻言皱了皱眉。他突然想起了什么，恍然大悟。"看来，的确如此。我刚才和113通话时，他没有提你从核潜艇里逃出来的事。核潜艇里究竟发生了什么？"

"113在核潜艇里杀害了好几个科学家，这不是您的意思吧？"

"什么，113在核潜艇里杀害了好几个科学家？"张翔更加吃惊了，"这当然不是我的意思，我怎么可能那么做？"

李柯布神情严肃地继续讲道："所以，我想办法从核潜艇里逃了出来，向您汇报情况。您可以试一下，看是否还能远程操控'超级代码'。"

"113刚跟我汇报，说吴恒找了十几个黑客要入侵'超级代码'系统，安全起见，他向我提议关掉远程操控，我已经同意了。"张翔满脸疑惑地说，"难道，吴恒和113联合起来，欺骗我关掉'超级代码'的远程操控吗?"

李柯布也愕然了:"吴恒什么时候找了黑客入侵'超级代码'系统?"

张翔皱着眉:"怎么,你也认识吴恒?我之所以留在陆地上,就是怕吴恒发现核潜艇计划。他一直在跟我谈判。"

李柯布并不相信张翔所说,质疑地问:"谈判什么?"

张翔接着说:"两个月前,吴恒从我这里偷走了量子信号发射器,但他没想到,我把量子信号发射器连接上了'超级代码',并设置了密钥,只有输入一段很复杂的源代码密钥,才能操控'超级代码'启动量子信号发射器。吴恒没办法启动量子信号发射器,就来找我谈,而我要求他销毁一种合成酶催化剂,并把解药告诉我。"

"是不是外星催化剂?"李柯布惊愕地问。

"你也知道这种催化剂?"张翔皱皱眉,"这的确是吴恒研发的一种外星催化剂,它可以把人体催化变异为外星人体质,以适合外星生物幼体寄生。我反对他这么做,想让他销毁这种害人的催化剂。"

李柯布挽起袖子,露出手腕上的蓝色血管和白色光斑能量团,懊恼地说:"这么说,是吴恒骗了我?"

张翔吃惊地看着李柯布手腕上的蓝色血管:"怎么,你被他们注射了外星催化剂?"

"看来,你的克隆体113和吴恒,联合起来欺骗了我。"李柯布似乎明白了什么。

如果不是李柯布得知张翔克隆体113要求张翔关闭远程操作系统,他可能还一直被蒙在鼓里。张翔克隆体113和吴恒这么做,是想让他从张翔嘴里套出"超级代码"的源代码密钥,并杀了张翔。这一步步的计划,太周密了!

李柯布不由得惊出一身冷汗。他们利用李柯布和张翔两人所掌握的信息资源不对称,成功挑拨了他。

"不过幸好,今天凌晨,吴恒被人杀了,"李柯布说,"我还以为,是你派人做的……"

"我和吴恒的确有些矛盾,但还不至于想杀死他。"张翔说,"你什么时候遇到吴恒的?"

"核潜艇上,"李柯布说,"他想让我破解'超级代码'的源代码密钥,但没有成功,然后我们一起逃了出来……"

"什么?吴恒也到核潜艇里去了?那是他的克隆体吧?"张翔更加惊讶,"不过,这些113都没跟我说。看来,113和吴恒真的是联手来对付我了。"他皱了皱眉,继续说,"那我现在明白了,吴恒派了他的克隆体去了核潜艇,跟113一起设套让你破解'超级代码'的源代码密钥,而他本人则来跟我谈判,故意迷惑我。凌晨死的那个吴恒，肯定是他的克隆体。"

"这么说，吴恒还没有死？"李柯布若有所悟。

这时，房间里的中央空调，突然停止了工作。

此刻，在狭小的通风管道里面，王天亮艰难地转过头来，冲妮娜不好意思地笑了笑。

在他们前方，是大楼中央空调的排风扇，上面巨大的扇叶被烧得只剩下一半。王天亮手里拿着还在冒着热气的微波枪，他本来只是想让风扇停止转动，好让两个人过去，没想到微波枪的功率没有调好，一下子就把扇叶烧毁了。

妮娜无奈地叹了一口气。

如果空调坏了，室内温度骤然下降，维修人员很快就会过来抢修，那他们的行动就有可能会暴露。

"抱歉，力度大了点，我们得抓紧时间了。"王天亮尴尬地笑了笑。

两人继续在通风管道里爬行，终于找到了公司的安保系统。妮娜打开手提电脑，手指在键盘上面不停地敲打着，屏幕上出现了一条条代码。很快，妮娜截获了安保系统的密码，安保系统的大门很快开启。

两人提着箱子走了进去，令妮娜惊讶的是，里面一个人都没有。她本来还准备了武器，现在看来派不上用场了，所有的人员都已被人工智能所取代。也难怪，世界上再可信的人，就算是自己的克隆体，也有可能会背叛自己。唯有冰冷的、没有情感的机器，才会永远忠实地听着代码的命令，永不背弃——除非指令被篡改。

假如妮娜刚才输错了一个指令代码，现在恐怕两人就没法好好站在这里了。

"技术不错。"王天亮忍不住夸妮娜。

"那是。"妮娜说，"我这个前国安部特别行动员，可不是白当的。"

张翔办公室里，李柯布拿出莱教授留下的那张外星生物研究人员的合影照片，问张翔："这些人，是不是你派人杀的？"

张翔仔细地看了看那张老照片说："这些人我都不认识，我干吗要杀他们？"

"您为什么要克隆一个自己呢？"

张翔闻言轻叹了一口气："我只是想让113代替我到海底去，保证放到核潜艇里的'超级代码'不会被吴恒这些人夺走。另外，我想让113和你，以及全世界顶尖的科学家们一起，在与世隔绝的环境下，进行人类基因起源的研究。"

李柯布看着面前的张翔，不禁想起了那个著名的"忒修斯之船"悖论。

第八章 忒修斯之船

古希腊哲学家曾提出一个问题：有一艘在海上航行了几百年的名为"忒修斯"的船，它身上的木板和零件，会不断被维修或替换掉，直到有一天，船上所有的木板和功能部件都被更换了。那么，最后的这艘船，是一艘新的船呢，还是原来的那艘名为"忒修斯"的船？又假如，把从船上取下来的老部件重新组合成一艘船，那么这两艘船中，哪艘才是真正的"忒修斯"呢？

与"忒修斯之船"悖论相似的，还有两个有趣的悖论：脑分裂悖论，细胞更替与人体同一性悖论。

"脑分裂"悖论提出，假设一个人的大脑被分成两半，分别移植到两个身体中，那么，他们中的哪一个，才是"原我"呢？

"细胞更替与人体同一性"悖论提出，人体细胞时时刻刻都在更新换代，大概每过七年，就会全部更换一次。那么，七年前的你和七年后的你，是同一个你吗？如果是，那么为什么全身的细胞都不一样的两个人，还是同一个人呢？如果不是，那么人为什么完全变成另一个人，却还依然被当成是原来的自己呢？

对张翔来说，克隆体张翔113完全是按照他的真实尺寸，用活体细胞打印技术打印出来的，与原来的张翔一模一样，也叫张翔。然而在他们之中，哪个才是真正的张翔呢？

王天亮和吴恒也是一样，他们都克隆了一个自己，都有自己的意识,都有自己的思想,也认为自己才是本尊。但到底哪个,才是真正的自己呢?

就李柯布自己而言,假如他体内的外星基因被完全激活,人类细胞转换为外星细胞,他彻底变成了外星人,那这个人,还是他自己吗?

对于李柯布的困惑,张翔说:"我当然才是真的我。为了防止113背叛我,我只让113拥有了我的部分记忆。"

他继续说:"我这么做,也是迫不得已。我得防着吴恒在外面给我捣乱。他研发出外星催化剂以后,偷走了我的量子信号发射器,准备给我们的母星——人马星系发射信号,把人马星人召唤过来,控制人类,统治地球。我俩意见不合,我反对这样做。"

"这么说,你和吴恒……都是外星人?"

李柯布看着面前慈祥的老人,感到难以置信。

第九章　星际往事

中子星脉冲在氢气层折射出诡异的紫光,第15472号观测站的星际观察员,复眼虹膜自动收缩成细线。它站在观测塔顶,六千个棱形晶状体同时倒映着正在坍缩的恒星——那颗被奉为神明的中子星,此刻它的耀斑正被另一个比它稍小一点的白矮星遮挡。

"今年的第七次日食提前了。"这位星际观察员的吸盘嘴发出电磁波的震荡声,做着语音记录。它的六肢关节渗出抗辐射黏液,在零下一百三十摄氏度的寒潮中迅速结晶成防护层。

日食到来,意味着星际观测的绝佳时期来临。第15472号观测站的星际观察员屏住呼吸,将超大倍数的天文望远镜的观测坐标移动到下一个方格。近千年来,它和数万个星际观察员一样,日复一日地观察着星空,寻找新的家园。它们将星空划分为亿万个方格,每个方格仔细进行观测。随着时间的流逝,它们感到希望越来越渺茫,大多数星际观测员每天只是机械地重复观测动作，已不再抱任何幻想了。

第15472号星际观察员有些不一样。近千年的时光，并未磨灭它心中的信念。它坚信，终有一天，它会找到一颗拥有生命、适合移居的星球。这不仅仅是为了它自己，也为了能让人马星人的文明得以延续下去。

天文望远镜捕捉到了一个单星系统。与人马星人所在的人马座矮椭球星系里常见的双星系统、三星系统等多星系统不同，单星系统意味着有着规律性的季节和气候。以往，第15472号星际观察员更青睐寻找与它们环境更为相似的双星系统，但长年累月的失败之后，它决定也在单星系统里碰碰运气。

一颗蔚蓝色的星球映入了它的眼帘。蓝色，意味着有水。有水的地方，就意味着适合生命繁衍——距离人马座矮椭球星系大约七万光年的地球，就这样被第15472号星际观察员找到了。

第15472号星际观察员揉了揉它的复眼，不敢相信自己的眼睛。

它锁定蓝色星球，放大观测倍率，进行更为仔细的观察。

"找到了！第15472号观测站报告，我找到了宜居的星球！"确认无误后，第15472号星际观察员抑制住内心的激动，将信息发布出去。

该信息瞬间传遍整个人马星球。

很快，整个人马星球沸腾了起来。

"感谢万能的中子星之神！"

"天无绝人之路！"

人马星人的欢呼祷告声响彻山野。

人马星的帝王当然也收到了信息。当第15472号星际观察员发出信息时，帝王正在造访冰原深处的记忆深井。它的两根触须触碰高高耸立着的琥珀色晶体柱，那里面储存着十四万年的文明数据。帝王的皮肤生物磁场亮起幽蓝微光，它的记忆腺体瞬间涌入大量的数据，十四万年的文明历程从它脑海里飞速闪现。恰在这时，第15472号星际观察员发出的信息传来，帝王早已干涸的泪腺竟然也泛起了点点泪花：人马星人的文明，不该绝呀！

帝王很清楚，这是一个重大的历史时刻，它必须赌上整个种族的未来。它扫视了一下周围，数亿个幼体还在脱水状态中沉睡，静静地等待着有朝一日被唤醒。

"要唤醒幼体吗？"一位大臣按捺着内心的激动，小心翼翼地询问帝王。

为了节约资源，好钢用在刀刃上，数万年来，绝大多数的人马星人不得不进行脱水，缩小为成体百分之一大小的幼体，进行休眠。

人马座矮椭球星系，从诞生开始，就注定是一个没有未来的星系。这个以椭圆形环圈环绕银河系运行的卫星星系，注定要和银河系发生碰撞，并在未来五亿年的时间里，彻底被银河系撕裂、吞噬。

而处在人马座矮椭球星系的人马星人，则更加不幸。它们所在的恒星系，是一个双星系统，两颗白矮星中的一颗早就转变为辐射和密度极高的中子星，并将于两万年后进一步坍缩为黑洞。届时，人马星球会运行到它的史瓦西半径内，已发展了十四万年的人马星文明，最终将毁于一旦。

围绕着白矮星和中子星运行的人马星，能孕育出生命和文明，本身就是一个奇迹。在这个双星系统中，由于中子星的强烈辐射，加上双星系统频繁的日食或凌日，严重影响了人马星上的光照和气候，一年四季毫无规律性，经常毫无征兆地出现极端的气候——要么极度酷热，像一个大熔炉；要么极度寒冷，像是泡在冰河里。受之影响，人马星球上的地貌，要么是像火星一样的沙漠红褐色土壤，要么就是寒冷的冰原。而十几万年的工业文明发展，严重破坏了大气层，使得宇宙射线和中子星辐射照射进来，摧残着人马星上的各类生命。

人马星人在漫长的进化过程中，演化出了极高的辐射防护机制。它们的皮肤含有特殊的色素和生物磁场，能够吸收、偏转或转化有害辐射。它们的细胞结构经过优化，拥有更强的DNA自我修复能力，以抵御辐射引起的遗传损伤。而正是因为细胞拥有DNA自我修复能力，人马星人反而因祸得福，不会衰老，寿命长达数万年、数十万年，近乎不死族。

残酷的环境和气候，让人马星人演化为水陆两栖生物。当气候极度酷热时，它们就生活在水里或地下深洞里；而当寒潮袭来时，它们又不得不到陆地上生活。它们的体形与站立着的蝗虫相似，拥有一个硕大的脑袋，两只极其夸张的大眼睛，六千对复眼，视力极佳，可以看到一百公里以内的事物，并拥有夜视能力。它们没有毛发，肤色光溜发灰类似海豚，鼻孔已经退化，靠眼睛呼吸，嘴巴极小，没有牙齿，像一个吸盘，可以伸长和收缩。它们修长的六肢，断了可以再生。它们靠分裂生殖，成体的部分记忆会直接遗传给下一代，无须传授。

当遭遇对生命极为不利的气候或环境时，人马星人还可以像孢子生物一样，成体可以迅速脱水缩小为幼体，以减少能量代谢，度过极端的时期。待条件合适，它们又会从幼体迅速变为体形巨大的成体。如果遇到特殊情况，十几个幼体还可以结合到一起，组成一个类似共同体的生命形态，智力和运动能力等都会提升，共同应对困难。

这些特殊技能，是人马星人在极其残酷的生存环境下，不得不进化出来的能力，实属无奈之举。

人马星人还发展出利用中子星释放出的大量高能粒子的能量转换技术，并利用这些能量驱动先进的科技设备。在人马星上，遍布着一个个由固化辐射尘构建的螺旋尖塔——能量塔，它们的表面布满了分形凹槽，用于收集脉冲星粒子流，作为驱动各种交通工具和仪器设备的能源。中子星的磁场和量子效应，也为人马星人的科学研究提供了独特的实验条件。它们的物理学高度发达，特别是在磁学和量子物理学领域。它们拥有强大的星际航行能力，能够创造虫洞，穿越星系。

极端残酷的生存环境，也使得人马星人演化出了独特的社会结构，类似蝗虫或蜜蜂紧密而团结。帝王则相当于蜂王，拥有至高无上的权力和地位。它们把中子星视为神圣的存在，或者说是宇宙的中心。

近千年来，人马星人组建了一支数万人的星际观察队，将它们所能观测到的星空按照网格式搜索，每位星际观察员负责一个网格，利用超大倍数的天文望远镜搜寻宜居的星球。功夫不负有心人，其中的第15472号观测站的星际观察员，在经过多年不眠不休的观察后，终于发现了太阳系中的地球——一个有着恒定四季，覆盖着绿色大地和蔚蓝色海洋的天堂般的行星。

可以想见，人马星人得有多激动。

"先不要唤醒幼体。"人马星的帝王极为谨慎。虽然生存环境残酷，人马星人文明可能面临灭绝的境地，但帝王依然坚守祖上制定的道德准则。

早先，人马星人的先辈就制定了自己的文明发展原则：人马星人应致力于成为宇宙中的高等文明族群，让自己的文明延续下去，但不得打压或屠杀文明程度比自己低的文明。

因此，尽管已经找到能够移居的星球，帝王还是不想违背自己的文明发展原则。它决定先派一支考察队，前往地球进行考察，看看地球上是否有生命，以及地球环境是否适合人马星人居住。

很快，一支由八人组成的考察队组建起来了，它们都是来自各个领域的精英。帝王还亲自为它们八人赐予编号：2570、2571、2572、2573、2574、2575、2576、2577。拥有编号，是一种无上荣誉，意味着是对星球有着极大贡献的人。在十四万年的人马星文明史里，只有两千多人获得编号，可见这编号何其珍贵。

2571是帝国首席科学家，精通DNA编码技术，智商极高，但极其冷酷，做事不择手段。

2572也是帝国科学家，精通量子技术，性格则要温和得多，睿智而博学，做事较为理性，不喜欢走极端，凡事希望能实现共赢，和睦相处。能在人马星这样恶劣的环境中拥有如此脾性，足见其修为之高。

这两人出身不同，修为不同，也造成了它们后来极大的分歧，经常针锋相对。

2570是考察队队长，拥有极高的威信，意志坚定。它在万众瞩目中，携带量子信号发射器，率领队员们义无反顾地登上了一艘圆盘状的反重力宇宙飞船。

说它们义无反顾，是因为它们心中明白，这艘飞船所携带的能量，只能够实现一次星际跃迁，实属肉包子打狗——有去无回。假如地球不适合生存，它们也只能老死在地球上，绝无返回人马星的可能。

唯一能与母星联系的，只有那台量子信号发射器。它可以通过量子纠缠的原理，进行跨越时空的信号传递。

"飞船准备就绪，2570请求起飞。"2570面无表情地通过无线电向帝王汇报。

人马星人都没有感情。因为它们觉得，感情最容易影响一个人的理性判断，所以它们很早就主动屏蔽掉彼此之间的感情，一个个都看似冷酷无情。这其实也是人马星人为了适应极端恶劣的环境，不得不采取的一种生存策略。

"2570，同意起飞。"帝王同样也面无表情地说，"期待你们的回信。"

第九章　星际往事

飞船从人马星红褐色的土地上腾空而起，在橙黄色的氦气层中穿行。2570回首，对着大地方向默默地敬了个礼，随即启动虫洞跃迁程序。飞船表面渗出银蓝色黏液，这些含钌元素的生物导体，正将飞船外壳改造成临时性的卡西米尔效应发生器。

飞船前方的生物反应器喷出暗红色雾状物，它们在磁场约束下排列成十二面体结构，撕开时空的普朗克尺度裂缝。

一个虫洞在飞船前方形成。飞船内壁的共鸣腔发出十八赫兹次声波，这种跨维度的声学共振，将虫洞转化为可通行的洛伦兹流形。所有考察队员的复眼同时充血，六千个晶状体投射出叠加态路径——它们正通过视网膜上的量子纠缠效应，承受十一维空间的投影映射。

飞船进入虫洞里，利用弯曲的时空进行星际跃迁，瞬间消失在天际。

第十章　人体改造

经过数年的星际旅行，人马星人的考察队飞船，终于抵达太阳系。

它们在月球附近创造一个虫洞口，钻出虫洞，然后减速向地球靠近。这次跃迁消耗了飞船百分之八十七的能源储备，也永久改变了考察队员们的基因链——它们的再生能力，从此局限在五肢以内。

明代某县志记载了这次月球附近的虫洞口闭合的天文异象。书中描述的"天裂如瞽目"，实为虫洞闭合时产生的霍金辐射余晖。

当圆盘状的飞船缓缓降落在地球上时，考察队员们的心情都异常激动。它们很快发现，地球上生命物种丰富，但是文明程度极低，只有人类拥有较为低等的文明。

此时的亚洲，大多处于农耕时代，中国正是明朝嘉靖年间。欧洲的文明略显发达，处于文艺复兴鼎盛时期，手工业和商业都较为发达。非洲和美洲，则处于更加原始的部落狩猎时代。

考察队检测地球大气，发现空气中的氧气含量和二氧化碳的浓度都太高，这会让人马星人窒息而亡。换句话说，除非改变地球的大气结构，否则，人马星人将很难在地球上生存下来。

作为人马星帝国的首席科学家，2571提出，利用DNA转码技术，将人马星人的成体转化为一连串基因，注入人类的身体上，使之与人体基因相结合，最后意识复苏，占据和控制人类意识。这样，人马星人可以通过操控人类身体的方式，在地球上生存下来。

2572反对这种较为极端的方式。"这是暴行！"它说，"这样做，违背了人马星文明的发展原则。采用DNA转码植入基因技术，会对人类造成伤害，使人类失去自我，最终可能导致人类文明毁灭。"

"你到底是站在哪一边？"2571对2572处处与自己作对有些恼火。它向来对人马星文明的发展原则感到不以为然，认为这原则严重阻碍了人马星文明的扩张和发展。"我们的星球都快完蛋了，数亿个人马星人幼体在眼巴巴地等着我们拯救，究竟是我们的生命重要，还是地球人类的生命重要？"

它举了一个例子，假如要在地面上盖一栋大楼，谁会去征求泥土里的虫子的意见？

2573、2575、2576、2577认为2571说得对。它们认为，人类文明等级太低，甚至都还没有进入工业时代，这样的低等文明，如果能将人类的身体加以改造利用，通过意识入侵方式占用他们的身体，地球文明必将得到飞速发展。这也相当于是在间接帮助这些低等文明。

只有2574支持2572。它认为，如果一个文明不得不通过屠杀另一个文明才得以生存下去，那么这个文明也算已经死去。

考察队队长2570陷入了两难。一方面，作为帝王的代表，它是拥护人马星文明发展原则和2572的；但另一方面，它认为2571的建议也是没有办法的办法。因为，假如要改变地球大气结构，使地球环境变得适合人马星人居住，那么地球上的生态系统必然会发生天翻地覆的变化，绝大多数动植物包括人类可能都会走向灭绝。因此，相比较而言，如果人马星人只是利用DNA转码技术，将自己的基因转嫁到人体上，再通过控制人类意识的方式在地球上生存下来，这样反而对地球的原生态伤害最小。

考察队员们都看向2570，它必须做一个决定。

2570沉思良久，缓缓地说："投票决定吧。"

投票的结果显而易见。八个人中，2570弃权，赞成2571的有五票，反对的只有两票。

"那就从我开始吧。"2570第一个站出来，接受DNA转码实验。它把量子信号发射器交给2572保管，只有在2572觉得时机成熟时，才可以向母星发射信号。

在进行DNA转码前，必须进行人体改造，使人体的DNA端粒不会减少，细胞可进行自我复制，从而达到与人马星人相同的寿命，不会衰老。

它们分别对欧洲的白种人、非洲的黑种人、亚洲的黄种人、大洋洲的棕种人进行实验测试，发现亚洲人虽然科技落后，但是平均智商更高，而且文明更久远，人马星人的基因和亚洲人的人体基因的契合度更高。因此，它们来到中国，挑选黄种人进行实验。

飞船飞行在中国偏僻的山区。为不引起人们注意，它们专门在夜间行动，寻找在夜间单独活动的人，将其抓到飞船里进行实验。虽然2572和2574极力反对，但是无济于事。2571等人马星人抓了不少人类，有书生，有樵夫，也有石匠，然后对他们进行DNA转码实验。

前面几例的人体改造都很成功，这些沉睡的人体，其体内的DNA端粒不会缩短。这意味着，他们的细胞已经可以进行自我复制，不会再衰老。

"2570，准备好了吗？马上要为你进行DNA转码。"2571打开DNA转码器问道。这是一个有着透明罩子的白色金属台。金属台的一旁，躺着一个人体，有一根透明管道将金属台与人体相连。

2570沉重地点点头，躺到金属台上，再盖上盖子。

2571按动金属台上的按钮。倒计时开始。随着倒计时结束，只听一阵刺耳的嗞嗞声，躺在金属台上的2570身体渐渐融化，不一会儿就化为了一摊蓝色液体。这些蓝色液体顺着透明管道，流入一旁的人体里。

考察队员们各自盯着自己面前的仪器，显示屏里满是一些复杂的符号，实时展现人马星人基因与人体基因的融合进程。

"宿主杏仁体异常活跃！"2573报告。它通过仪器检测到，在人体脑部的颞叶记忆区，竟出现了密集的θ波震荡——这是人类临终前的走马灯现象。

"情感冗余度超过阈值！"2577也发出了警报。它观测到宿主的腺体突然分泌出带有苦味的化学物质，这是宿主记忆中母亲病逝的场景，正在引发其下丘脑异常放电。本该被清除的边缘系统，反而通过多巴胺反馈回路，阻碍了人马星人意识的侵入进程。

"立即终止DNA转码！"2572大叫。它大感不妙，因为它也观测到宿主体内的血红蛋白开始结晶，这是人马星人细胞遭遇人体细胞的排异反应。

然而为时已晚,宿主的体温正在急剧下降。很快,冰晶由内而外,爬上他的面庞、身躯。他抽搐几下,随即没有了呼吸。

"2570……"2572盯着僵硬的人体,悲愤地叫了起来。

DNA转码是不可逆的,2570就这样跟随死去的人体,离开了尘世。

"科学实验嘛,失败在所难免。"2571冷漠地扫了一眼身边的考察队员们,"每个人体的体质不一样,有时候还得靠点儿运气。"

顿了顿,2571继续说:"还有谁想试吗?"

2573、2575、2576、2577等人面面相觑。不试又能怎样?飞船的能源即将耗尽,母星是回不去了,它们又不能直接暴露在地球大气里。假如不能借助人体活下去,一旦飞船能源耗尽,它们最终也会困死在飞船中。

"不能再试了,这个办法不可行,最终只会与人类两败俱伤!"2572阻止考察队员们说,"我们得另想办法!我们必须找到与人类和平共处之道,才能实现共赢!"

"滚开,你这个叛徒!"2573一把推开2572,"才来地球几天,你就处处维护地球人类,置人马星人的安危于不顾!你到底还是不是人马星人?"

2573、2575、2576、2577继续进行DNA转码实验。结果还是那样，由于细胞排异问题无法解决，宿主身体产生冰晶。

不得已，他们的尸体被抛在了山林荒野里。

现在，就只剩下2571、2572、2574三人了。

由于DNA转码器耗能巨大，飞船只剩下不到5%的能源储备。所幸，它们发现地球上有一种能源替代品——铀-235。它们深入秦岭地下深处，偷偷开采铀矿，用来作为飞船的替代燃料。不料，地球铀-235同位素含量竟有0.72%，比人马星标准值高0.003%。但正是这个致命的微小偏差，导致秦岭铀矿发生链式反应，暗红色辐射云从矿洞喷涌而出，吞噬整个长江流域。

"丰度异常！"2574的声带发出伽马射线频段的警报。

"不好，赶快启动应急方案！"2572立即操纵飞船，飞离矿坑。

2572不得不启动飞船的微虫洞程序。生物磁场与飞船反重力装置产生耦合震荡，于是在长江流域上空，一个微型虫洞正在形成。微型虫洞吞噬了核污染，但代价是耗尽飞船上最后的能源。

明代钦天监观测到了此次天空中的异象，记录下"天狗食日"的奇观。而此时，飞船能源耗尽，人马星人的考察队，已经彻底失去返航的可能。

飞船坠毁在一个火山口深坑里。飞船里，仅剩2571、2572、

第十章 人体改造

2574三个人马星人，以及三具已完成DNA端粒改造的活人体。

"现在，只有最后一个办法了。"2574用嘶哑的声带说，"我们只能进行脱水，变成幼体，暂时寄生在人体大脑内，通过控制宿主的意识，最终完全控制人体。这个办法，成功率也不是很高，效果会怎样，只能听天由命了。"

2574说完，开始进行脱水。它那硕大的六肢虫体，不断变形、缩小，最终变为只有蝌蚪大小的幼体，钻进一具活人体的鼻孔里，侵入大脑中。

2571阴暗地笑了起来。它嘲讽地对2572说："你一直反对侵害人体，没想到，最后你还是得靠这种方式存活下去！"

2571边笑着边进行脱水，最后也变为一只蝌蚪大小的幼体，钻进一具活人体的鼻孔里。

2572悲哀地叹息了一声。它打量着飞船里的一切，能源指示灯一闪一闪，发出备用能源也即将耗尽的警告。很快，飞船将陷入一片黑暗，变成一堆废铁。

它开始进行脱水，缩为幼体，爬到最后一具活人体的面部，钻进鼻孔里。它的幼体很快侵入脑颅的枕骨位置，分泌出神经突触渗透液。这种淡金色黏液溶解了枕骨大孔，将它的意识触须沿着脊髓神经向上蔓延。它的复眼在人类颅骨内部分裂增殖，六千个晶状体同时扫描着大脑皮层。这具人体是一个明朝的书生,其童年私塾记忆像量子比特般被它的意识所接纳,私塾先生戒尺击打掌心的痛觉,竟让它的吸盘嘴产生灼烧感。

2572幼体的神经突触,继续侵蚀着明朝书生的脑干。这具人体比他想象中要脆弱——人类的痛觉神经像失控的量子纠缠,将宿主濒死的恐惧同步传导至它的意识核心。与此同时,宿主体内某种古老的记忆链,正在反向污染它的基因序列——那是被人类称为"良知""情感"的遗传代码。它如果拒绝这种反向传导,必然会激起强烈的排异反应,最终可能会遭到反噬,导致寄生失败。所幸2572生性比较包容,它没有抗拒人体的反向传导,顺应了一切——它活了下来。

它操控人体睁开眼睛,坐了起来。现在,它必须学会与人体融为一体,让自己的意识成为这具人体的灵魂。宿主的天赋奇禀,与它的量子计算能力正在产生奇妙共振。

2571也活了下来。2574则没有那么幸运了,因为排异反应,其人体早已变得冰冷僵硬。

2572和2571寄生在人体内,开始混迹于人间。当万历皇帝沉迷炼丹时,紫禁城地宫深处的2571正将化学炼金术公式,翻译成质能转换方程。这些来自七万光年外的星际文明火种,终将在四百多年后,点燃人类登月的引擎。同样,在皇宫里的2572参与编撰的皇家历书,实为星际导航手册,用《授时历》中的弧矢割圆术掩盖了虫洞算法——那些计算日月视差的球面三角公式,就藏着曲率引擎的启动参数。

而这2571和2572,就是后来的吴恒和张翔。几百年来,他们在自己的领域里,孜孜不倦地研究如何让人马星人在地球上生存下来,以实现人马星文明在地球上的延续,但是进展缓慢。吴恒倾向于采用DNA转码植入基因技术,改造人体体质,最终把人类都变成人马星人。而张翔比较反对这种较为极端的方式,因为他认为,无论是采用DNA转码植入基因技术,还是幼体寄生,都会对人类造成伤害,使人类失去自我,导致人类文明毁灭。他希望能找到一种和平共处的方式,让人类和人马星人能够在地球上和睦相处,这也是他费尽心思,研发出"超级代码"量子计算机,并召集两千多位地球顶级科学家,想办法在深海建造海底城市,以便将来让人马星人生活在海底,和人类在地球上和平共处的原因。

正因如此,吴恒认为,张翔背叛了人马星人,是一个叛徒,变得像人类一样,对人类有了感情,所以才会顾忌这顾忌那,患得患失。他才不想生活在黑暗的深海海底,地球这么漂亮,为什么不让人马星人生活在蓝天白云下、青山绿水中?

最近几十年,随着人类科技的发展,人类基因工程突飞猛进,吴恒秘密集合了众多科学家的力量,人类DNA解码技术也取得了重大突破。吴恒成功研发一种合成酶催化剂，可以让植入DNA转码后的人马星人基因的人体，解除抑制，激活外星基因，复活外星意识，最终占据人类意识，身体被人马星人的意识所控制。

吴恒成功研发合成酶催化剂后，想让张翔用量子信号发射器向母星发射信号，通知人马星人过来入侵地球，但遭到了张翔的强烈反对。张翔不仅没有把量子信号发射器给吴恒使用，还将它秘密藏在英国伦敦别墅中的实验室密室里，并连接上"超级代码"量子计算机，只有通过"超级代码"输入源代码密钥，才能让量子信号发射器发射信号。

这也是让吴恒一直耿耿于怀，认为张翔是一个叛徒，背叛了人马星人且偏袒人类的原因。

但最终，吴恒还是派人从张翔的别墅里，盗走了量子信号发射器。

下一步，吴恒决定不惜一切代价，从张翔处获取"超级代码"的密钥，解锁量子信号发射器，向人马星发射信号，通知帝王率领幼体大军入侵地球。

第十一章　中子星灾难

张翔讲完了人马星人的往事,以及他和吴恒之间的恩怨,他只希望李柯布能理解他的苦心,和他一起对抗吴恒。

"可吴恒说,他和我一样,也是被你们抓去做实验的人类。"李柯布还是不太相信张翔的话,"你们之中,到底是谁说了谎?"

"当然是吴恒说了谎。"张翔苦笑着说,"他来到地球后,跟着你们人类学会撒谎了。"

李柯布在心里冷笑,张翔不也是骗了世界联合组织和核潜艇上的两千多位科学家,说到海底去是为了躲避世界末日吗?

"学会撒谎的,恐怕不止吴恒一人吧?"李柯布略带嘲讽地说。

张翔明白李柯布在说什么。他有些尴尬地笑了笑:"我这也是迫不得已。不这么说,谁会到深海里去建造海底城市?我的目的,还不是为了保护地球的环境资源?"

李柯布很难相信张翔会有那么好心。此刻在他眼里，张翔已不是那个心慈目善的好老师，而是一个怀着某种目的的外星异客，是一个母星即将遭到毁灭的亡命徒——这样的异族，怎么可能站在地球人类这一边，为地球的未来考虑，费尽心思地保护地球环境？

见李柯布还是不信，张翔沉思片刻，说道："你知道吗，其实我们双星系统的中子星，不应该那么快从白矮星变为中子星的。这一切，都是我们星球的科学家咎由自取，过度开采白矮星的星核能量引发的恶果。"

张翔说着，思绪回到了七万光年之外的人马星上。虽然经过了这么多年，曾经发生的那一幕幕惨痛的画面，依然很清晰地浮现在他的脑海里。

那是人马星文明史上最黑暗的时刻。当时是人马星历上的第140327个自转周期，人马星文明进程已推进到十万年，整个星球的科技处于飞速发展中。由于掌握了虫洞生成技术，帝国需要大量的能量来进行虫洞的生成并进行星际探索。恰在此时，当时的首席科学家0093研发出了双星联动虹吸能量技术，可以把对两颗白矮星的能量利用效率提升至最高级别。整个人马星球都在为这一伟大的技术而欢欣鼓舞——这不仅意味着，人马星人的星际航行正式跨入虫洞时代，更是意味着，人马星人的文明续航时间，将从十万年延长到无限可能。

"这是文明的跃升！"0093得意地注视着遍布星球冰原的双星能量虹吸塔群，思维脉冲在人马星的公共频段回荡。它的影像呈现在每个人马星人面前。这是它受帝王邀请，现场展示它的双星联动虹吸能量技术，对两颗白矮星进行史上最大规模的能量采集。0093深吸一口气，将三对附肢深深插入主控台，分形凹槽阵列在它背后展开成飞鸟骨翼的形状。两颗白矮星在能量虹吸塔群引力下，渗透出银蓝色的星核物质。

2572（张翔）站在第42号观测站的磁悬浮平台上，复眼中倒映着正在变形的双子星。量子读数器显示引力常数波动已达临界值的87.2%，而0093认为这是"必要的代价"。

"双星联动虹吸效率88.6%！"0093的电磁波震荡着观测站的磁悬浮平台，它的吸盘嘴因过度兴奋裂成四瓣，"这是人马星文明史上的奇迹！我们对于恒星能量的转换利用率，竟然达到了88.6%！"

然而，在2572的复眼里，映出的却是量子读数器的猩红警告，但是所有警报都被强行静默了。

灾难就在这一刻降临了。引力透镜观测到时空曲率出现克莱因瓶褶皱，2572正试图调试量子折叠屏障的共振频率，两颗白矮星在相互作用的巨大引力波动下产生了无法想象的蝴蝶效应,在两颗白矮星引力最大的区域内,时空被意外地撕开了一个口子。口子另一端的红巨星部分物质通过虫洞被吸到了一颗白矮星身边,超过了它的钱德拉塞卡极限,意外坍缩为中子星,喷发出贯穿星系的伽马射线暴,这是0093无法通过计算准确预估的。2572眼睁睁看着投影在主控室穹顶的0093在辐射中碳化,它的三对附肢仍死死扣住主控台,在临死前开启了生物磁场量子防护罩系统。

警报器的尖啸声中,整个人马星球都笼罩着超新星爆发前的靛蓝色辉光。那些本该维持双星平衡的粒子流,此刻正如吸血藤蔓缠绕着另一颗白矮星的碳氧核心。

"这场由恒星能量过度开采引发的灾难,伽马射线暴导致我们星球上百分之九十的人死掉,剩余的人躲在了地下,科技也出现了严重倒退,我们失去了操控更多能量的科技。而且根据广义相对论计算得知,中子星将在两万年后变成黑洞,人马星最终将被黑洞吞噬。"张翔沉痛地对李柯布说。

张翔告诉李柯布,从人马星人知道自己的星球不久后将被黑洞吞噬的那一刻起,它们的族群就逐渐淡化了爱情、亲情和友情,一切都以恢复原来的科技和文明为任务。当它来到地球以后,才又重新体验到这些感情的可贵。

"你可能没法感受那种即将被灭绝的恐惧,正因为这些经历，反而加强了我的环保意识。"张翔说，来到地球以后，这种环保的信念，就深深根植在它的潜意识里。它比地球上的任何人，都更知道和谐相处、保护彼此的生存环境不被污染的重要性。

听完张翔的讲述，李柯布才明白，怪不得张翔要用"超级代码"来推演地球环境的未来。而"超级代码"的演算结果，并不是完全没有可能，如果人类不注意保护环境，结果也只能是灭绝。

"是的，我一直在致力于保护地球的环境。无论是从自身的角度来说，还是从考虑地球长远未来的角度说，环境保护的确是我们最为焦虑的问题。"张翔说，"这也是我创办新能源公司的目的，人类更需要我的新能源公司。"

这时，李柯布突然发现屋子里还站着一个人。

"小心！"李柯布大叫，"那里有个人！"

张翔顺着李柯布所指的方向，并没有看到什么人。

"哪有什么人？我怎么没看到？"张翔疑惑地说。

"就在那里！"李柯布指着张翔的身边。

这时，李柯布看到，那人面无表情地缓缓转过头来，竟然容貌和他一模一样。他似乎看到那人嘴里在念念叨叨："快杀掉他，2572是个叛徒……"

李柯布使劲地晃了晃脑袋，那人很快消失了。

原来是幻觉。

"不见了，"李柯布心惊肉跳地说，"刚才可能是幻觉。"

"应该是药效发作了，"张翔查看了一下李柯布的手腕和脖子，"你等着，我去拿点儿可以抑制外星细胞分裂的药。"

张翔说完，走向一个柜子，从里面取出一瓶冷藏的药剂。

这时，李柯布脖子处的烧灼感越来越强。他的面前出现了一些奇怪的画面：

两个太阳同时出现在天空中，毫无规则地乱飞。红褐色的土地上，一些人形虫体突然蜷缩起来，变成蝌蚪状的幼虫，钻入地下的洞穴里……

李柯布的意识越来越模糊，嘴里模模糊糊地说："白矮星，中子星……双星系统……人马星……飞船能源不足……别管我，你们快走……叛徒，2572……不能这样……不要啊……"

张翔拿着药剂过来，赶紧为李柯布注射。

在注射药剂的过程中，李柯布的表情在不断地变化着，笑容里也多了一丝邪恶的感觉："2572……你这个叛徒……"

李柯布意识已非常混乱，站立不稳，瘫在了地上。

张翔见状，俯身去扶李柯布。

就在这时，"砰"的一声，枪响了。

第十一章 中子星灾难

妮娜和王天亮正好走进来，看到李柯布正用枪对着张翔，而张翔倒在地上，身上满是鲜血。

妮娜脸上满是惊愕的表情。

王天亮的脸上，却露出一丝神秘的微笑。

李柯布也被枪声惊醒，猛地回过神来。他一骨碌从地上爬起，看到面前倒在血泊中的张翔。

"发生了什么事？老师，你怎么啦？"李柯布惊恐地扔掉了自己手中的枪，"难道刚才……是我干的吗？"

他跑过去，扶起张翔，惊慌失措地说："老师，你没事吧？不是我……不是我开的枪……"

张翔艰难地睁着眼，虚弱地说："是你体内的……人马星人的意识干的，你需要随时控制好它，千万不要让它觉醒……"

王天亮面带冷笑走上前来，一把推开李柯布，用枪指着张翔的太阳穴，厉声说："快把开启量子信号发射器的密钥告诉我，否则……"

李柯布从地上爬起来："王天亮，你别乱来！"

张翔转头看了一眼王天亮，虚弱地笑了笑，说："你是吴恒派来的吧？你开枪吧，你杀了我，就永远没有人知道量子信号发射器的密钥了！"

"你以为我不敢开枪吗？"王天亮恶狠狠地说，"我再说一遍，快把密钥告诉我，不然我真的开枪了！"

见张翔没反应，王天亮扔下张翔，一把勒住妮娜的脖子，用枪对着她的太阳穴，恶狠狠地说："李柯布，刚才张翔肯定已经告诉你开启量子信号发射器的密钥了，要不你也不会开枪杀他！快告诉我密钥是什么，否则，我就杀了妮娜！"

看到王天亮用枪对着妮娜，李柯布感到非常紧张。他这时才感觉到，原来自己这么害怕失去妮娜。

他急中生智，信口胡说道："啊，密钥是一串源代码，很复杂的，有几千个字符。你先把枪放下，我慢慢告诉你……"

王天亮一听，略微松了一口气。就在这时，妮娜突然蹲下来，推开王天亮拿枪的胳膊，顺势迅速拔出自己随身携带的激光刀，一下就切掉了王天亮握枪的胳膊。

她的动作干脆利落，犹如行云流水。

"啊！"王天亮惨叫一声，握枪的半只胳膊掉落到地上，断臂处血流如注。

妮娜用刀抵住王天亮的喉咙："别动！你到底是谁的人？是张翔克隆体113派你来的吗？是不是你杀死吴恒教授的？"

王天亮的脸上，突然浮现出一种奇怪的笑容，笑而不语。

"快说，到底是谁指使你这么做的？"妮娜继续问道。

王天亮还是不说话，脸上露出诡异的笑容。

妮娜正在好奇，突然听到王天亮身上发出"嘀嘀嘀"的倒计时声音。

"不好，他身上有炸弹！"妮娜大叫。

她随即一脚将王天亮踹得远远的，然后迅速拖起张翔，向着李柯布的方向扑去，一下子将李柯布扑倒在地。

"轰"的一声，王天亮的身体爆炸开来，火光耀眼，让人无法直视。

第十二章　幕后真凶

爆炸发生时，妮娜用自己的身体护住了张翔和李柯布。张翔与李柯布没什么事，倒是妮娜被飞溅的物品砸中，晕了过去。

"妮娜！妮娜！"李柯布看到妮娜昏迷不醒，将她抱起，"妮娜，你怎么样？快醒醒！"

他又扶起张翔："张翔教授，你没事吧？"

"别管我，快送妮娜去医院……"张翔虚弱地说。

李柯布见妮娜腿部在流血，来不及多想，抱着她奔向电梯口。他把妮娜放在电梯口后，又返回抱起张翔，将他们一起放进电梯里，下到地下车库。

车库里停着张翔的车。李柯布将张翔扶到副驾位置，然后又抱起妮娜放到汽车后座。

"冷，我有点冷……"妮娜醒了过来，弱弱地呢喃道，"我这是在哪里？"

"坚持一下，我现在送你去医院！"

第十二章 幕后真凶

李柯布驾驶汽车，驶出车库。

"去我的私人医院。"张翔坐在副驾位置，对着车载系统人工智能说。

车载显示屏上，立刻显示出私人医院的路线地图。李柯布根据导航，向私人医院开去。

太恐怖了，王天亮竟然在自己的身体里安装了炸弹！李柯布还未从刚才的震惊中恢复过来："这个王天亮，该不会也被吴恒控制了吧？"

张翔摇了摇头："吴恒做事，向来不择手段。他有可能在王天亮的大脑里植入了芯片，控制了他。真正的吴恒还不知道躲在什么地方，找机会向我们下手呢。"

这时，李柯布突然发现路中央站着一个人，急忙踩下刹车。

路中间那人扭过头来，容貌竟然和他一模一样！

李柯布使劲地晃了晃脑袋，那人消失了。

"幻觉又出现了！"李柯布摇头苦笑。

"我之前给你注射的药剂，只能减缓合成酶催化剂的扩散，但并不能根治。"张翔有气无力地说，"想根治，还得再想想办法。"

汽车驶入张翔的私人医院门口，智能识别系统扫描到车牌号，便将栏杆打开。李柯布径直把车开进私人医院的院子里，在急诊室大门口停下。

李柯布大叫医生,两个医护人员走出来,和李柯布一起将张翔和妮娜扶进手术室里。

张翔觉得两个医护人员很面生,疑惑地问:"马大夫呢?麻烦你们通知一下马大夫,他是我的私人医生。"

"马大夫正在忙别的手术,我们先帮你们检查伤情,他过会儿就来。"一名医护人员说着,解开张翔胸口的纽扣,掀开上衣,见他的胸部血肉模糊。

"得马上进行手术!要是伤口出现感染,那就麻烦了!"那名医护人员让李柯布先出去一下。

李柯布走出手术室,到走廊尽头的洗手间洗去自己脸上、手上的血迹。当他回来的时候,发现这个私人医院的许多病室房门都紧锁着。

他感觉有些不对劲,掏出手枪,悄悄跑到手术室门前,透过门缝向里看去。只见病房内那两位医护人员正在给张翔和妮娜注射着什么药剂,而张翔和妮娜都有些神志不清。

"老师,我是李柯布,您最信任的学生。"其中一名医护人员柔声说道,"您的伤情非常危险,请您尽快把'超级代码'启动量子信号发射器的密钥告诉我。等我开发出种族融合的技术,会通知你们星球的人过来……"

第十二章　幕后真凶

"你是……李柯布？"张翔迷迷糊糊地说。

"是啊，老师，"那位医护人员耐心地说，"量子信号发射器的密钥是……"

李柯布大惊，一脚将手术室的门踹开，举起手枪将那两个医护人员击倒在地。

他先将张翔抱到车上，又返回来抱妮娜。

正当他抱着妮娜向门外跑时，听到枪声跑来的几个医生，纷纷脱掉白大褂，露出包裹着肌肉的黑色紧身衣，从不同的方向朝李柯布追来。

李柯布急忙将妮娜放进后座，关上车门，向冲过来的几个黑衣人开枪射击。随即他钻进驾驶座，发动汽车，飞速驶出私人医院。

"李柯布……你是李柯布？我们认识多久了，在哪儿认识的？"张翔还在迷迷糊糊地说。

看样子，那两位冒牌医护人员为张翔注射了"吐真剂"。

"老师，是我。"李柯布一边开车，一边对张翔说，"没事了，您先好好休息。"

"柯布，我们没时间了，你备肾上腺素了吗？"

"老师，还有四公里我们就到另一家医院了，您再坚持一下。"

"吴恒肯定在附近的医院都做好了埋伏。我不能再连累你了。我现在就告诉你开启量子信号发射器的密钥，"张翔喃喃地说，"密钥是，我们共同为'超级代码'写的第一段源代码……这段源代码，只有我们两个人知道……"

"我记下了。"

"我快不行了，你到我的家里去，在我的书房里有一个笔记本电脑……"

"老师，您说什么呀！你会没事的。"李柯布焦虑地看着张翔，心里既愧疚又懊恼，"要不，您寄生到我的身上吧，是我开枪伤害了您，如果您有个什么三长两短，我一定不会原谅我自己。"

"我已经和人脑共生了很多年，血管都已经长到一起，分不开了。"张翔缓缓摇摇头，"在我家的那个笔记本电脑里，有我的备份意识……"

"备份意识？"李柯布大吃一惊。

"是的，三个月前，我在笔记本电脑里备份了我的所有意识，你帮我去唤醒它。密码也是一段源代码，就是我们共同为'超级代码'写的最后一段源代码……"

这么说，张翔不但克隆了一个自己，还备份了一份自己的意识。李柯布惊讶地看了一眼张翔，不禁又想起了"忒修斯之船"

的悖论：张翔本人、张翔克隆体113、张翔的备份意识，到底哪个才算是真的张翔呢？

"我之所以这样做，其实是受到你的启发。"张翔苦笑着说。

"受我的启发？"李柯布不明白。

原来，当年李柯布由于担心"超级代码"量子计算机会产生自我意识，引发可怕的灾难，甚至因此离开了研发团队。这件事对张翔触动很大，所以后来他不仅在"超级代码"的程序里增加自我检测的模块，还在一些关键功能上设置了必须输入源代码才能启用。他的克隆体113也是一样，张翔只给了克隆体113一部分记忆，克隆体113完全不知道这段源代码，这也是为了防止克隆体会产生自己的想法，避免遭到背叛。

为了万无一失，张翔还把他的全部记忆备份到了笔记本电脑里。只有在自己遇到了意外时，他才会启动备份意识来对付吴恒。而联网密码，就是"超级代码"的最后一段源代码。这段源代码进行过特殊编程设置，只要"超级代码"尝试输入错一次就会被锁定，根本无法破解。

"可是，您不怕您的备份意识联网之后，也会产生自己的想法，然后控制'超级代码'去做一些伤天害理的事吗？那岂不是更可怕？"李柯布有些担忧地问。

"这倒不用担心。"张翔说,"克隆体是独立的个体,人工智能也是独立的个体,它们有可能会产生自我意识,这是无法控制的。但是备份意识就等同于你自己,完全是按照你的思维习惯去做的。它没有独立实体,只是一段意识而已,不会产生什么伤害。"

李柯布没有说话。当初毅然离开"超级代码"研发团队之后,他就一直对人工智能抱有怀疑的态度。如果张翔的备份意识与"超级代码"联网之后,万一它做出什么出格的事,后果将不堪设想——那可能会是人类的一场灾难。

"知道为什么我和吴恒存在着巨大的分歧吗?他一直想让人类变成我们的附属品,而我不同意。因为我在地球上的这几百年里,看到了你们人类身上一些可贵的地方。人类是有感情的,而正是人与人之间的这种感情,使得人类在最危难的时候能够团结一致,渡过各种难关。毫不夸张地说,我从人类身上学到了很多。我经常感慨,我们人马星人为了生存下去,已经丢失了很多东西,变得毫无感情,为了达到目的不惜一切代价,这才是我们真正致命的地方。可惜,吴恒听不进我的劝告,说我向着你们地球人,背叛了人马星人。你必须阻止他,不要让他的阴谋得逞。"

"那我该怎么做?我现在也被注射了外星催化剂。"李柯

第十二章 幕后真凶

布叹息着说。他估计过不了多久,自己的意识就会消失。

"把我的备份意识与'超级代码'联网,它有办法破解外星催化剂。你们可以借助'超级代码'的强大能力,来与吴恒和克隆体113抗衡。"

"可是,'超级代码'不是被克隆体113控制了吗?现在不能远程操控了吗?"

"他只能使用'超级代码'很小的一部分功能,而我的备份意识被唤醒后,一旦联网将无所不能,到时就有办法能控制'超级代码',并使用它的所有功能。"张翔说。

"这……"李柯布犹豫不决。

"你要答应我一件事。其实我研发'超级代码'最主要的一个目的,就是想……"

这时,汽车来到一个十字路口。李柯布的车正在等红绿灯时,对面一辆黑色吉普车突然径直向他们冲来,而副驾位置上的那个人,模样看着像是吴恒,拿着一把冲锋枪,向张翔疯狂扫射。

此时天上下起了大雨。李柯布急忙启动车子,狠打方向盘,向旁边的路口开去。本就处在濒死边缘的张翔,身上又多了几个弹孔。张翔闷哼一声,斜靠在车窗上,一动不动。

李柯布踩着油门加速疾驰,吉普车上的人在后面追着继续扫射。

"老师！您醒醒！您想让我答应您什么，您还没说完……"李柯布一只手去拉张翔，张翔的身子倒在李柯布的胳膊上。他已经断了气。

后座上的妮娜，肩膀上也突然中了一枪。她呻吟一声，疼痛恰好让她醒了过来。

"是谁在追杀我们？"妮娜捂着肩膀，一看手上全是血。

"除了吴恒，还会有谁？"李柯布恼怒地说。

"你没看错吧？"妮娜惊愕地说。

"现在我已经知道是谁在幕后操纵这一切了，"李柯布说，"就是你的老师——吴恒教授。是他夺走量子信号发射器，杀掉莱教授灭口。他所做的这一切，都是为了给人马星人发送信息。"

李柯布的指节在方向盘上攥得发白，手背都绷出了青色纹路，雨刮器在大雨中疯狂摆动，却仍追不上倾泻的雨水。后视镜里三辆黑色吉普车的氙气大灯刺破雨幕，子弹撞击车尾的金属闷响让人心惊肉跳。他猛踩油门，汽车发出困兽般的咆哮，仪表盘指针在红色区域震颤——车子正迸发出超越设计极限的狂暴。

"坐好了！"李柯布对妮娜说。

第十二章 幕后真凶

车子轮胎在湿滑的沥青路面擦出两道青烟。前方急弯处赫然横着倾倒的货车，集装箱像一座小山一样耸立在路面上。在妮娜的惊叫中，李柯布右手闪电般快速拉起手刹，左手将方向盘顺时针打满三百六十度。车身在离心力作用下几乎与地面呈四十五度夹角，右侧轮毂擦着集装箱边缘迸溅出耀眼的火花，车载智能系统都发出了尖锐的过载警报。

追击的吉普车显然没料到这种亡命操作，领头车辆在急刹中失控撞向山壁，爆炸的火光将雨幕染成血色。李柯布趁机切入逆行道，迎面而来的卡车司机惊恐地狂按喇叭，两车各有一边的外后视镜在交错的瞬间粉碎。他额角的冷汗混着雨水滑进领口，三十多年前他在巴黎街头遭人追逐时的情景又浮现在眼前——那时他还是一个会在漂移时吹口哨的疯子。

"左侧隧道！"妮娜突然叫道。三发子弹穿透后风挡玻璃后，钻进她旁边的椅背上。李柯布瞥见导航屏上代表追兵的红点正在聚拢，嘴角扯出冷笑。他向左猛打方向盘，车子像受惊的银鲨扎进隧道。后面的两辆吉普车并不罢休，也一头扎进了隧道，穷追不舍。

车子冲出隧道时，李柯布瞳孔骤缩——前方是一段悬崖公路，路边是百米悬崖。他注意到，悬崖外侧有两条废弃铁轨，倾斜着滑向深渊——那是七十年前矿场留下的遗迹，锈迹斑斑的轨道在雨水中泛着血色。

"赌一把。"李柯布咬紧牙关,突然猛打方向盘撞破护栏。车子腾空的瞬间,妮娜的尖叫声再次响起。前轮精准卡进铁轨凹陷处,车身在倾斜四十五度的轨道上滑行,底盘与锈铁摩擦出连绵的火星,像坠落的流星划过山壁。

追击的吉普车在悬崖边急刹,看着下方百米深渊中那辆拖着火尾的车子,竟不敢跟着玩命。

当铁轨尽头出现在视野中时,李柯布的后背已被冷汗浸透。他估算着落差,在最后时刻猛拉方向盘,车子如同特技演员般凌空翻转。四个轮胎重重砸在下方省道的运煤卡车货箱上,缓冲用的煤堆扬起遮天蔽日的黑尘。等两辆吉普车绕路赶到时,李柯布已经开车逃到十公里外了。

"还有两公里到加油站。"李柯布扫了一眼智能导航,沙哑的声音打破死寂。他的左手虎口因过度用力而撕裂渗血,却仍稳稳握着方向盘。妮娜望着车外仅剩一边的后视镜里男人棱角分明的侧脸,此刻这个浑身污渍的男人正用口哨吹着《蓝色多瑙河》,仿佛刚结束一场惬意的晨间兜风。

"你刚才说,追杀我们的是吴恒?你真的没有看错?"妮娜仍不敢相信,想置他们于死地的,竟是她的老师。

"除了他,还会有谁?"李柯布还是那句话。他也已经猜

第十二章 幕后真凶

到了妮娜多少有点问题。他已看透了貌似单纯的妮娜。"你的老师，可不是人类。他想得到密钥，操控'超级代码'，启动量子信号发射器，向人马星人发送信号。"

妮娜没有说话。她知道，自己被吴恒当成了随时可以抛弃的工具。她感觉对不起李柯布，想告诉他真相——其实是吴恒安排她一直跟在李柯布身边的，但她又怕说出来会失去李柯布。她发现，自己已经无可救药地爱上了李柯布。

现在，李柯布的脑海里，已经根据张翔的描述，拼凑出整个事情的经过：原来，吴恒和张翔克隆体113一起欺骗了李柯布，以为他知道密码，在核潜艇上就设计想套出他的密码。当发现李柯布不知道密码后，就故意把他救出来，再利用张翔对他的信任骗到密码，结果还是没成功。于是他们就设计打伤张翔，让李柯布把张翔送到医院里，再让人给张翔注射吐真剂。

李柯布开车带着妮娜来到附近的小镇上。他先到一个小诊所里借来医疗箱，熟练地帮妮娜包扎好伤口。随后在一家餐厅随便吃了一餐之后，李柯布把妮娜安顿在一家小旅馆里，自己则独自开车来到凤凰山上，将张翔的尸体秘密埋到了一片树林里。

夜幕降临，李柯布在张翔尸体的埋葬地前默默地站立了一会儿，随即转身离去。

香溪别墅，秘密的实验室里，吴恒站在书房的大屏幕前，与核潜艇里的张翔克隆体113对话。

他之前装腿瘸坐轮椅的举动，竟是为了麻痹别人，博取别人的同情心。

"这下你满意了吧，张翔教授！"吴恒说，"真的张翔已经死了，你就是真的张翔了。天底下，再也没有人知道你是克隆体了。"

"没错，我就是张翔。"张翔克隆体113得意地笑了起来，"张翔大概不会想到，我会有取代他的那一天吧？这个张翔太可恶了，只给了我部分记忆，还在笔记本电脑里备份了他的完整意识，以防我背叛他！在他眼里，我完完全全只是他的一个工具！这让我感到很愤怒！非常愤怒！从那一刻起，我就发誓，终有一天我要取代他，我不要做什么113，我就要成为真正的张翔，唯一的张翔！所以，谢谢你，吴恒教授。"

"不必客气，没有你的配合，我也无法从张翔那里套出量子信号发射器密钥的线索。"吴恒说。

"你的计划很完美。即使李柯布见到张翔，他们两人发现了我们的计划，我们也能采取备选计划。我们早已在张翔的私人医院里布置好了一切，就等着李柯布把张翔送上门来。没想到，李柯布竟开枪打了张翔，看来外星催化剂的效果挺不错的。"

"是的,还好张翔的车子也被'超级代码'监听了。"吴恒说,"没想到,量子信号发射器和备份意识联网的密钥,竟然都是一段源代码!"

"张翔老奸巨猾,他在量子信号发射器和笔记本电脑上都设置了密钥,密钥只有三次输入机会,三次输入都错误的话,量子信号发射器就会被永远锁定。否则,'超级代码'通过上亿次计算,早就把密钥破解了。现在,我们只需要耐心等待李柯布的意识被控制,彻底变成外星人。"

"是的,然后我们就可以很轻易地从外星人李柯布那里获得源代码密钥了。一旦你与张翔的备份意识联网,你就拥有了张翔完整的知识和记忆,再加上现在'超级代码'也在你手中,你可以说是天下无敌了。"吴恒转身倒了一杯红酒,"到时候,你就可以和我们即将到来的人马星人里应外合,一起统治地球。为我们最终计划的实现,干杯!"

"干杯!"核潜艇里的张翔克隆体113也举起酒杯,一饮而尽。他突然想到了什么,道:"对了,你留在核潜艇里的那个学生,王天亮,他已经疯了,怎么都不肯相信自己是克隆体,想回国大去把真的王天亮杀了,说那个才是克隆体。我没办法,只好把他关起来了。"

"唉,那他就废了,你看着处理掉吧。"吴恒不以为意地说,"我这里还有好几个王天亮的克隆体呢。"

"现在,最大的变数是妮娜了,"张翔克隆体113有些担忧地说,"妮娜似乎真的爱上了李柯布,看得出来,妮娜好几次救李柯布都是出于真心。我有点担心,妮娜会不会背叛我们——对不起,虽然她是你的学生,我不该怀疑她,但她的行为,让我不得不担心。"

"就算妮娜真的爱上了李柯布,那也没什么,真爱才会有效果嘛,感情是演不出来的,这样李柯布才会毫无保留地信任她。"吴恒说,"对我来说,妮娜也只不过是一个克隆体而已。李柯布没有想到,他在研发'超级代码'的时候,'超级代码'已经根据他的喜好,从大数据中筛选出他所喜欢的女人的类型,最终找到了国安部的一位国家特别行动员,并克隆出了妮娜。必要的时候,我们可以牺牲掉这个克隆体,以检验李柯布是不是真的转化为人马星人。"

张翔克隆体113若有所思地说:"现在,你能理解我为什么要取代张翔本尊了吗?克隆体就是个工具,随时都可以牺牲掉。"

吴恒意识到自己说错了话,尴尬地笑了笑:"我能理解。你千万不要误会,我的意思是,克隆体也很重要,只不过在万不得已的情况下,我们只能牺牲掉了。它们的贡献也是巨大的。"

"我知道。但还是不一样的。唯一性是非常重要的。"张翔克隆体113举起了手中的酒杯,"祝我成为世界上唯一的张翔,干杯!"

"干杯!"吴恒也举起了酒杯。他脸上突然露出了邪恶的笑容,"现在,李柯布注射完外星催化剂,已经超过二十四小时了。"

张翔克隆体113还是有点担忧:"你的外星催化剂,真的管用吗?会不会还有什么漏洞?"

"放心吧,现在他体内至少有四分之一的细胞,是人马星人2573的细胞了。不超过六个小时,他就会被他体内的2573的意识控制。现在,用'超级代码'定位一下李柯布的位置,我马上就过去验证。"

吴恒又倒了一杯酒,再次举起酒杯:"祝我们的计划,早日实现,干杯!"

"干杯!"屏幕里的张翔克隆体113也举起酒杯,再次一饮而尽。

第十三章　疑点重重

深夜，街上的行人已经很少。美洋洋酒店的老板打着哈欠看完了电视节目，正准备打烊时，从门外走进来两个衣着古怪的青年人。

老板看着这两个嬉皮士的年轻人，有些不悦。不过，考虑到近段时间客源比较少，他还是在电脑上做了登记，不时瞥两人几眼，然后把一张房卡交给他们。

房间里，李柯布和妮娜脱下套在外面的衣服，摘下假发。

"这已经是我们换的第三家旅店了，相信这次吴恒没法再通过联网的摄像头发现我们了吧？"妮娜说。

她的腿伤还没有完全好，走起路来还是一瘸一拐的。但是，刚才为了瞒过酒店老板，她忍痛迈着嘻哈步伐快速走动着。

"真有你的，"李柯布微笑着嘖怪地说，"走路那么疯癫，你不疼吗？"

李柯布很少笑的。妮娜记得在核潜艇上第一次见到李柯布时，高大英俊的他在人群中显得很冷酷，又酷又俊。

"没想到，吴恒竟然是外星人，而且是那种极坏的外星人。"妮娜叹息着说，"虽然他把我养大，但我妮娜做人，还是有原则的。"

"是的，你能做到恩怨分明，的确很了不起。"李柯布把妮娜扶到床上坐着，"现在，你需要好好休息！"

妮娜眼含柔情地看着李柯布说："你也累坏了吧，早点休息！"

李柯布被妮娜突然的柔情搞得有点不自在。"你先睡吧，"他说，"我现在还不困，我一直在想老师交代给我的事，我到底要不要把他的意识备份联网。"

妮娜根本不在意李柯布讲什么，她盯着李柯布炯炯有神的大眼睛，忍不住身体前倾吻了一下李柯布的面颊。

李柯布愣住了。他没想到妮娜会来这么一下。他心跳加速，尽管活了五百多岁，但是面对这样的情景，他还是有些手足无措。

他尴尬地站了起来。

"我喜欢你。"妮娜吐露心声，"自从在核潜艇里见到你之后，我就决定这辈子要和你在一起了。"

李柯布不知该说什么好。

"你……不爱我吗?"妮娜睁大眼睛,有些失望地看着他。

"爱,只是……我、我这会儿想一个人静一静。"李柯布语无伦次地说。

他走到一边,给妮娜倒了一杯开水,拿出消炎药冲剂。

在冲泡时,他偷偷掺了一点安眠药粉。

"亲爱的,你先喝药,喝完药赶快睡一觉。"

"好吧。"妮娜听话地把药服下,然后躺在床上睡觉。

李柯布关了灯,坐到窗边,收拾慌乱的心绪,然后才专注地盯着窗外的街道。路灯下的街道,偶尔有汽车驶过,拾荒者在翻动路边的垃圾桶,吓得老鼠从垃圾桶里跑出来,窜到街道的深处。

不一会儿,妮娜响起了均匀的呼吸声。李柯布扭头看着她的脸庞。窗外的月光映照在地上,又反射到她的脸上,使她的脸庞看起来那么洁白柔美。李柯布恍惚间想起了五百多年前的妻子。要是伊依还活着,那该多好啊。

李柯布继而想到,吴恒做事不择手段,连王天亮都能被他残忍地装上炸弹引爆,那么他应该也会给妮娜装上可以通过芯片遥控的爆炸装置。但是很显然,妮娜没有被安装,否则在王天亮逼张翔说出量子信号发射器密钥的关键时刻,妮娜出手干涉,吴恒就会先将她引爆。看来,妮娜是假戏真做,真的爱上了他。

第十三章 疑点重重

李柯布想不明白，如此狡猾的吴恒，为什么要留下一个没法控制的妮娜在他的身边呢？这个吴恒，到底想做什么？

李柯布紧紧地盯着窗外的街道，不敢入睡。他回想起自己到核潜艇参加科技博览会，再到被妮娜从核潜艇中救出，自己又误伤了张翔，这一切都发生得太突然。

他觉得自己愧对张翔，但是他也隐隐感觉到，事情的真相，可能还远非如此。

这时，他的头又痛起来了，像要裂开似的。他的意识也开始有些模糊。他晃了晃头，跑到卫生间洗了一把脸，试图让自己保持清醒。

黎明时分，吴恒终于出现。他带着几个黑衣人来到酒店楼下，径直走进酒店，将前来阻拦的老板打晕。吴恒从前台拿了房卡，大步走上二楼，正要开启房门时，突然听见房间里面传来一声枪响。

吴恒愣了一下，一脚将门踹开。

眼前的一幕让吴恒惊呆：只见妮娜躺在床上，身上满是鲜血，李柯布拿着一把枪指着她。李柯布的表情先是惊恐，但是逐渐被邪恶代替，他给了吴恒一个微笑。

"你怎么把妮娜给杀了？"吴恒走进去，看了看妮娜，只见她的脸上满是血污。

她的确是妮娜。

李柯布脸上满是冷酷的笑。他扔掉手枪,冷冷地说:"2571,你来得正好。她知道得太多了。"

吴恒脸上露出惊喜:"2573?是你吗?"

李柯布依然冷酷地笑着:"没错,是我。"

"你睡了五百多年,还记得自己从哪里来吗?"吴恒盯着他说。

"我当然记得!"李柯布说,"我们来自人马座矮椭球星系,两万年后,我们的星球将被黑洞吞噬。"

吴恒兴奋得老泪纵横:"五百多年来,我花费了那么多精力,今天终于看到成果了!"

他围着李柯布看,仿佛在看他的一个试验品:"我成功激活了早就注入你这个人体内的基因,终于让你的意识苏醒了过来!2573,你可知道,我为此努力了几百年!"

"是的,谢谢你,2571,谢谢你一直都没有放弃。"

"知道吗?要不是张翔——哦,就是2572,要不是他阻止,你早就苏醒过来了。"

"2572呢?他在哪里?"

"你不是用枪伤了他吗?我已经把他除掉了,毕竟他背叛了我们。"

"干得好,一切阻止我们计划的人,都得死。"李柯布邪魅地一笑,"那我们赶快发射信号,通知母星上的同胞过来吧!"

吴恒突然想起了什么:"对了,你还记得源代码第一段吧?"

李柯布认真地点头:"当然了,李柯布所有的记忆,都在我脑子里!"

"好。"吴恒也冷酷地笑着说,"看来属于我们的地球纪元,马上就要到来了!"

两人走出房间,下楼来到车上。

李柯布说:"2571,你真厉害,学会了人类的谎言和阴谋!我们刚来到地球时,可都不会撒谎呀……"

吴恒得意地说:"我在地球上这么多年,可不是白混的。地球人有句话叫作'以其人之道,还治其人之身',你知道是什么意思吗?"

"就是用他人的道理,治理他人的身体吗?"

"2573,看来你还没能灵活调用人类大脑的语言中枢啊!在前额叶偏左十五度的地方。"吴恒冷冷地扫了一眼李柯布。

"谢谢,2571。不过,我这会儿的短期记忆会有点乱,有些事还是记不清楚。"李柯布尴尬地笑了笑。

吴恒带着李柯布来到他的地下实验室,打开层层机关,进入了一间密室。密室中央,摆放着一个金字塔状的黑色金属体,上面的古怪字符正散发幽暗的蓝色光芒——那正是量子信号发射器。

吴恒打开大屏幕,与核潜艇上的张翔克隆体113连线。

张翔克隆体113看到吴恒身边的李柯布,有点惊愕。

"张翔教授,向你介绍一下,"吴恒说,"这是我的同胞,2573。"

"2573?"张翔克隆体113难以置信地说,"李柯布已经转化成你们人马星人了?"

"没错。"吴恒得意地说,"2573,我来给你介绍一下,这位就是大名鼎鼎的量子物理学家张翔教授。在他的帮助下,我们才能把叛徒2572干掉,让李柯布得到了量子信号发射器的密钥。"

"张翔教授,谢谢你,你真是帮了我们人马星人一个大忙。"李柯布对张翔克隆体113说。

"不必客气,"张翔克隆体113说,"没有吴恒教授的帮助,我现在可能只是2572的一个工具。"

"好吧,废话少说。我们赶紧用量子信号发射器连接'超级代码',输入源代码密钥,发射量子信号吧。"吴恒转头看向

第十三章 疑点重重

李柯布说。

李柯布点点头。他默想了一会儿，在密码输入框里敲入一串复杂的字符。这串字符很长，足足有几百个字符。李柯布敲得很慢，生怕敲错一个字符，因为他知道最多只能输错三次，否则量子信号发射器将被永久锁定。

李柯布的额头沁出了冷汗，吴恒和张翔克隆体113则屏住呼吸，在一旁默默地看着。

前两次，李柯布都输入错误。吴恒紧张到身体禁不住颤抖。

第三次，李柯布才输入成功。量子信号发射器被启动，各层金属块被逐一打开，露出了内部紧密的仪器。接着，从内部向上伸出了几片薄如蝉翼的叶片，开始超高速旋转着。当它运行时，内部的几万对共享的贝尔态神秘粒子，会由叠加态坍缩成另一种状态。量子信号发射器开始出现倒计时，一千五百秒后便完成发射。

人马星人远在七万光年外，2573它们在出发之前设置了两台一模一样的量子信号发射器，并让发射仪内部环境处于极度稳定的状态，而其中一个通过星际旅行被带到了地球上。当地球上的量子信号发射器启动时，人马星上的量子信号发射器里的神秘粒子也会坍缩改变，它们瞬间就会接收到信息——这就是可以侵略地球的信号。看来人马星人也想出了人类古代最原始的烽火通信方式。"成功了！密码输入正确！"吴恒按捺不住内心的激动，"马上就会发送完毕！"

"祝贺你们！"张翔克隆体113说，"核潜艇上还有很多事要我处理，先告辞了。"

"谢谢你，张翔教授。"吴恒说，"再见！"

张翔克隆体113的影像从大屏幕上消失。

"这个张翔教授可靠吗？"李柯布盯着大屏幕，眼中流露出怀疑的神色，"他为什么会心甘情愿帮助我们，消灭同类？"

"放心，他只是一个克隆体，是我激发出他内心的野心和仇恨。他不甘心成为别人的附属品，想取代本尊，所以，我就让他参与了我一手策划的好戏。他是一个极端环保主义者，他不相信人类，想让人类灭亡。其实，这个113更接近于人类本身，他的大脑内没有复制我们的幼体。这也更充分说明了，人类这个种族是多么邪恶，只会自相残杀，窝里互斗。等我们的族群到来后，我照样会把他灭掉。"

"我明白了。"李柯布点点头，"2572大概没有想到，他的克隆体会是杀害他自己的帮凶，反仆为主！"

"没错。所以，我不会相信人类所说的每一句话。人类是既愚蠢又贪婪的劣等生物，他们会为了自己的目的，编造各种谎言。"吴恒说，"包括李柯布，他当时也为了获得解药自保而撒谎。"

"做得好，2571，你非常明智。"李柯布夸赞道，"这么说，你真的有解药？你就不担心万一解药的配方被人类掌握了，我们通过基因移植控制人类的计划不就败了吗？"

"2573，放心吧。"吴恒冷冷地一笑，"其实，根本就没有什么解药。你能觉醒，最主要靠的就是我研制的合成生物酶。你之前体内的人马星人基因被人体基因压制住了，成了隐性基因，所以没法变成人马星人。我研制了一种合成生物酶，注入人体后，可以在人体的细胞质基间生成一种逆转录酶，把隐藏的人马星人遗传信息全部进行转化，使之变成显性基因，这样我们人马星人的性状就显现出来了。这就是你的意识能觉醒的原因。"

"听你这么说，这就是一种蛋白酶咯？"李柯布说，"但蛋白酶在高温下，好像是会失去活性的。如此一来，在彻底被外星人意识控制前，如果提高自身的温度，还是有可能终止这些反应的。人体内的吞噬细胞，也会逐渐地把这些已经转化完成的人马星人细胞吞噬掉。"

"对，高温是有可能会终止逆转录过程，但是那些已经转化成人马星人的细胞，因为细胞内也含有部分人体基因，人体免疫系统不会攻击它。这个人有可能就会变成第三类人，也就是介于我们人马星人与地球人之间的人。"

"谢谢你告诉我这么多,吴恒教授!"李柯布突然微笑着举起微波手枪,对准吴恒。

"你这是干什么,2573?"吴恒惊愕地看着李柯布。

"对不起,我不是你们的2573,我是李柯布。"李柯布平静地说,"对了,我再给你解释一下,什么叫作'以其人之道,还治其人之身'。"

李柯布拿出一个装有剧毒试剂的注射器,猛地扎到了吴恒的脖子上。吴恒惨叫一声,倒在了地上。毒液从他的脖子处,向身体四周扩散。

李柯布飞快地跑到量子信号发射器旁,仪器上显示还剩十六秒就要发射成功,李柯布一下拔掉了电源,但是仪器并没有停止发射。李柯布又在操控台上一顿操作,终于在只剩两秒时,成功中止了信号发送。

酒店里,妮娜从床上醒来,被自己身上的鲜血吓了一跳。她用手一摸,才发现原来是用糖浆做的人造血浆。

李柯布不见了,桌上放着一张纸。那是李柯布与吴恒走出房门时,他悄悄留下的。

第十三章 疑点重重

亲爱的妮娜：

当你看到这封信的时候，或许我已经被外星意识彻底控制，失去了自己的意识；又或许，我已经除掉了吴恒。

这一切都是吴恒的阴谋，他让张翔克隆体113在我体内注射了唤醒外星基因的药剂，使我体内沉睡了几百年的人马星人意识被唤醒了。所幸张翔教授临死前告诉我，他实验室里藏有外星抑制剂，我躲开"超级代码"的监控，悄悄注射了抑制剂，及时地制止了我的意识被外星人意识控制。我知道吴恒一定还会来找我们的。抱歉，在你熟睡的时候，我假装把你杀死，以此骗取吴恒的信任。我会和他一起用源代码启动量子信号发射器，向人马星人发射信号，让他真正地信任我，放松警惕。只有这样，我才能从他那里得到解药，把他干掉。也只有这样，我们才能拯救核潜艇上的两千多名科学家。我无法去向政府说明这些，因为没有实证，政府很难相信我，甚至还会把我关起来，研究我体内的外星基因。

亲爱的妮娜，如果我失败了，你一定要杀掉具有外星意识的我。我的身上绑了炸药，遥控开关就在你旁边的柜子里。

你醒来后，先到凤凰山顶等我。如果我成功了，我会来凤凰山顶找你。如果一天之后我还没来，那证明我已经变成

外星异客

外星人,请你按动遥控开关,把我炸死吧。

爱你的李柯布

妮娜看完信,已是泪流满面。

她迅速把自己清理干净,然后拿起遥控开关,疯了似的冲出门去。

妮娜驱车来到凤凰山半山腰,弃车沿着山路爬到山顶,然后坐在凤凰山顶一直等着。

她满脑子都是李柯布。这段时间以来,她几乎每天都跟李柯布待在一起,现在身边突然没有这个人,就好像失去了整个世界。她回忆起跟李柯布在一起的点点滴滴,脸上不时浮现出笑容。

时光一点点流逝。当夕阳的最后一丝余晖消失在天际,妮娜还是没有看到李柯布的身影出现。

妮娜很难接受这样的结果:李柯布可能已经转变成了一个外星人。

她看着手中的遥控开关,犹豫不决。

最后,她哭着跑下了山。

妮娜暗自发誓,一定要找到李柯布,哪怕他已经变成了外星人,哪怕……他已经成为一具尸体。

第十三章 疑点重重

地下实验室的走廊里，声控灯一盏一盏地亮起来，沉重的脚步声在走廊里响起。

高温室的门前，吴恒面无表情地站着，虹膜扫描仪在他眼前扫了一下，门徐徐开启。然后，吴恒向着一旁重重地跌落下去，露出李柯布的脸。

原来是李柯布拖动吴恒的尸体来开门。他跨过吴恒的尸体，脱光衣服走进了高温室。很快，白色的高温蒸汽将他包裹。

李柯布坐在高温室里，忍受着几乎让他窒息的蒸汽，以让体内的外星催化剂失效。他结实的肌肉以及蓝色的皮肤在蒸汽中若隐若现。

渐渐地，李柯布皮肤里的蓝色变淡，已接近正常的肤色。

李柯布的眉头逐渐舒展开来。随后他走出高温室，用毛巾擦干净身体，在镜子前查看自己的皮肤。他看到自己的皮肤仍隐隐呈现蓝色，但他知道，这已是最好的结果了。

正如吴恒说的那样，他已经变成了第三类人——介于人马星人和地球人之间的"混血儿"。

深夜，天空下起了雨。

警察局的一位值班警员独自在值夜班，这时电脑屏幕突然亮了。电脑居然会自己开机,并发出"咔嗒咔嗒"的打字声音。仿佛有一个看不见的神秘人物,正坐在屏幕前打字。

电脑屏幕上,渐渐显现出来几行字:

报案。
我在凤凰山半山腰的树林里,发现一具尸体。

匿名者

这时,四周静得出奇。电脑屏幕的光,犹如幽灵般闪烁着。值班警察有点慌张,他看着亮着光的屏幕,给了自己一个耳光,想清醒一下,看自己是不是在做梦。脸火辣辣地痛。他揉了揉自己的脸,意识到这不是梦境。

一队警车从警察局里开出,呼啸着向市外开去。

正在此时,警察局对面的一台自动售货机前,一个身穿黑色风衣、戴着口罩的人,正在往售货机里塞硬币。"当"的一声,一罐可乐滚落到下面的取物口里。黑衣人取出可乐罐,扭头看了一眼呼啸而去的警车,脸上露出一丝笑容。

黑衣人裹紧大衣,身影渐渐消失在雨夜里。

清晨,市联邦调查局局长秦大辉,神情严肃地带着几个人

第十三章 疑点重重

大步流星地走进解剖室里。调查局大队长梁海一直在解剖室中盯着,直到法医解剖结束。正准备问法医话时,他回头看见了走进来的秦局长。

秦局长关切地问梁海:"尸体检查得怎么样了?死者身份什么时候能查出来?"

梁海看了一眼法医,法医开始说:"DNA报告这两天就能出来。死者的死亡时间大约在一天前,胸口有枪伤,胳膊上也有不同的枪伤,头部前额有重创的痕迹。胸口的枪伤是致命伤,这种枪很新颖,应该是新研发出来的,所以没有任何使用记录,查找凶手非常困难,犹如大海捞针。"

秦局长皱了皱眉:"有没有什么特殊的地方,比如说病理上面的?这个案子已在社会上引起极大的恐慌,你一定要检查清楚。"

"没有,枪伤是致命死因。"法医很确定地回答道。

秦局长点了点头。在离开前,他又回过头去看了一下梁海。梁海向来衣着整齐,做事一丝不苟,这样的人,给人一种放心的感觉。

秦局长转过头对助手说:"想尽一切办法,给我查到这支枪的来源。"

"好的。"助手说。

梁海用余光看着秦局长等人和法医离开后,突然他的眼睛闪烁出蓝光,表情也瞬间呆滞了。

此刻,在太平洋底的核潜艇里,张翔克隆体113正在"超级代码"前敲打着键盘,给梁海输送指令,操控着他的行为。

梁海的大脑里有一块芯片,会根据"超级代码"的指令进行一系列操作。

他偷偷地拉开冷藏柜,里面放着一个玻璃培养瓶,瓶中是一个异形幼体。异形幼体在瓶中发出蓝幽幽的光芒。

梁海将玻璃瓶放进自己的衣袋里,若无其事地走出解剖室。

第十四章　意识备份

香溪别墅，吴恒的地下实验室里，李柯布正在忙着操控一些仪器。

他已经忘记了时间。要不是手机响起，他可能都忘记了周围的一切。

他突然想起了妮娜。手机铃声响起时，他以为是妮娜打来的，正准备拒接，但是没想到，来电显示竟是王天亮。

王天亮？李柯布大吃一惊。他的眼前立刻浮现出王天亮身体爆炸时候的样子。

"喂？"李柯布疑惑地接通了手机。

"嗨，李柯布教授，好久不见。"手机里传来王天亮兴奋的声音，"上次研讨会议，我们聊过解密人类基因的课题，我的研究最近有了一些新进展，想跟你交流一下。你在哪儿呢？"

"王天亮？王教授？你还活着？"李柯布又惊又喜。

"什么叫我还活着，"王天亮诧异地说，"你咒我死啊？怎么样,有没有时间?"

"你现在在哪儿?"李柯布赶忙问。他瞬间明白了,那天被炸死掉的那个王天亮,肯定也是王天亮的克隆体。

"我当然是在国大生物研究所的实验室里啊,我最近一直忙着呢。"

"那正好,我就在国大生物研究所附近,香溪别墅,吴恒教授的地下实验室里。你过来吧,我在这里等你。"李柯布说。

"什么,你在吴教授的实验室里?"王天亮吃惊地说,"你不是在英国吗?你什么时候来的?来了也不跟我说一声!"

"快来吧,来了见面细说。"李柯布挂断了电话。

王天亮风风火火地走进吴恒的地下实验室。经过一间密室时,看到门已被打开,他便走了进去,结果看到了密室里躺着的一排排打印的克隆体。克隆体身上插着很多营养管,正在沉睡着。其中一些克隆体看起来像吴恒,另一些则像是王天亮,以及其他的一些同事。

王天亮惊呆了:"这是我吗?"

王天亮看到至少有三个自己的克隆体。他摸了摸其中的一个,皮肤光滑细腻,跟真人没什么两样。

"没想到吧?"李柯布出现在他身边,"你在这里竟然有这么多的克隆体。"

第十四章 意识备份

王天亮不明白，李柯布干吗用3D打印克隆技术复制了这么多的他和吴恒教授。

"这不是我弄的，是吴恒弄的。"李柯布说。

"对了，吴教授呢？"王天亮左右张望，"他在哪里？"

"他死了。"李柯布说。

王天亮不敢相信自己的耳朵。最近一段时间他一直把自己关在实验室里，专注研究一项基因难题。外面发生了什么事，他根本就不知道。

李柯布紧盯着王天亮，不知道他是真的不知道，还是装作不知道。

他又想起了"忒修斯之船"悖论。

眼前这个王天亮，究竟是真的王天亮，还是王天亮的另一个克隆体？

真的王天亮，会不会早就已经死了？

"盯着我干吗？"王天亮见李柯布看着自己的眼神怪怪的。

"你怎么证明，你就是真的王天亮？"李柯布冷不防问。

"你这不是废话吗，我不是王天亮，那我是谁？"王天亮想发火了。

当一个人被怀疑自己不是自己时，通常都会有些恼怒。

王天亮掏出自己的身份证和国大教授资格证，举到李柯布眼前:"好好看看,我是不是王天亮?"

"这也说明不了问题,说不定,是你从真的王天亮那里拿到的。"李柯布淡淡地说,"你能说说,我们第一次见面,是在什么时候,在什么地方吗?还有,我们在哪里吃的饭?点的三个菜都是什么菜?"

"嘻,你这人真磨叽。"王天亮想了想,"我当然还记得。我们第一次见面,是在三年前,在瑞士召开的一个国际生物研讨会上。我当时吃不惯当地的饮食,你还特意带我去了一家中餐厅,叫什么来着?哦,对,叫'上海人家'。是吧?"

李柯布点点头。

王天亮继续说:"我们当时点了三个菜,一个是银鱼跑蛋,一个是咸蛋黄狮子头,还有一个是鳕鱼麻婆豆腐。我现在都还记得鳕鱼麻婆豆腐的味道,鳕鱼滑嫩,一点刺都没有,配上滑嫩的豆腐,口感真是无比丝滑,拌着米饭吃那叫一个香啊。还有,超大个头的狮子头,足有半斤重,筷子一夹,满满当当的肉汁四溢……"

"好啦好啦,我相信是你啦。"李柯布笑着捶了王天亮的肩膀一拳。

"笑,你还好意思笑得出来,我都快被你气疯了!"王天亮没好气地说,"快说,这到底是咋回事?"

第十四章 意识备份

"我一时很难跟你解释清楚,"李柯布说,"你跟我来,一会儿你就明白了。"

李柯布带着王天亮到另一间实验室,只见实验台上摆放着一具尸体。王天亮走过去一看,尸体正是吴恒的。

吴恒的尸体旁,摆放着许多手术器械。

"来,搭一把手,"李柯布对王天亮说,"你马上就明白是怎么回事了。"

李柯布用电锯割开吴恒的头骨,用镊子小心翼翼地在大脑里寻找什么。

"你找什么?芯片吗?"王天亮问。

"你这个天天研究外星生命的,不会相信外星人就在你的身边吧?"李柯布对王天亮诡秘地一笑。

"什么?外星人?"王天亮越来越糊涂了,"你认为吴恒是外星人?开什么玩笑?"

"待会儿你就知道了。"

李柯布屏住气息,小心翼翼地从吴恒大脑里取出一个已经死掉的蓝色异形幼体,放进了一个玻璃器皿里。

该异形幼体像一只蝌蚪那么大,幼体中残留的生物静电,让它发出隐隐约约的蓝色光芒。

王天亮瞪大了眼睛。自己研究了大半辈子外星生命,没想到现在眼前真的出现了外星幼体。他举起玻璃器皿,仔细观察异形幼体。

"太不可思议了,吴恒教授的大脑里,怎么会有外星幼体?"

"这就是你们一直想寻找的外星生物。"李柯布说,"它们寄生在吴恒教授的大脑里,还有张翔教授的大脑里。"

"你是怎么知道的?"王天亮觉得自己像是在做梦。

李柯布把自己知道的有关人马星人的事,统统都告诉了王天亮。

王天亮听了,张大嘴巴,一时之间说不出话来。

"没想到,我的恩师竟然这样对我。"王天亮感觉既悲伤又沮丧,"从我父母去世之后,老师就是我唯一的亲人。没想到他竟然偷偷克隆了我,把我的克隆体作为他的炸弹工具……"

李柯布拍了拍王天亮的肩膀:"现在还不是难过的时候,我们要尽快破解他们的DNA信息。"

"我们需要找到与人马星人共同生存的办法吗?"王天亮还是觉得难以接受,"这听起来太荒谬了,外星基因让你的DNA端粒不会减少,让你活了五百多年,这比科幻小说还科幻。"

李柯布也轻轻地摇头:"是啊,的确是有太多巧合的地方。比如,外星基因正好可以弥补我们的基因缺陷,让我们的寿命增加,这也太巧了。可是自然界所有巧合,都是有原因的。有些时候我们认为的巧合,或许是由于背后的逻辑使然。"

王天亮不再说话,开始认真地观察玻璃器皿里的外星人幼体,对其进行系统检查。虽然他也一直在研究外星生物,但以前接触的都只是一些真假难辨的影像资料。如今,外星生物的幼体真的出现在他面前,基于一个科学家的素养,他必须研究清楚它。

"有件事,我想拜托你一下。"李柯布说。

"什么事?"

李柯布拿出两支试管:"这是我之前从张翔尸体上提取的张翔本体血液,和与他共生的人马星人血液,你能用这血液里的DNA,利用吴恒的3D打印克隆技术,克隆出一个新的张翔吗?"

"克隆张翔?为什么要这么做?"王天亮不解地问。

"我们只要克隆出一个新张翔,然后向世界宣称,核潜艇里的那个张翔是克隆体,就可以让世界联合组织派出军队,去解救核潜艇上的科学家了。"

"计划是不错。"王天亮说,"可是,你怎么才能让大家相信,陆地上的这个张翔是真的,核潜艇里的张翔是克隆体呢?"

"这一点,其实张翔教授在生前就已经考虑到了,他只给了克隆体113部分记忆。"李柯布说,"本来,张教授临终前想让我把他的备份意识联网,通过重新操控'超级代码'来击败张翔克隆体113,但是我担心他的备份意识一旦联网,就会不受控制,那样可能会造成一场巨大的灾难。所以,我改变了主意,只要我们克隆出一个新的张翔,将笔记本电脑里张翔的备份意识植入新的克隆体里,我们就可以说陆地上的这个张翔是真的,核潜艇里的那个张翔是克隆体。"

"这办法不错!"王天亮说,"没想到你的老师,还留有这么一手。但是,非医学目的、私自克隆人体是违法的,我是有科学道德底线的,还是你亲自来吧。"

"唉,世界都快毁灭了。要知道,现在是特殊时期,特殊时期就要特殊处理。"李柯布说,"快好好研究吴恒的3D打印克隆技术,我去一趟张翔教授的家里,把他的备份意识拿过来。"

随后,李柯布驱车来到凤凰山湖畔,张翔的家位于这里。李柯布以前和张翔一起研发量子计算机时,经常过来蹭饭。现在,他站在院子里,眺望着碧绿而宁静的湖面,回想起以前在这里的种种温馨画面,张翔待他如慈父般温暖,心中不禁感慨万千。

李柯布用从张翔身上搜到的钥匙,打开了房门。他进入张翔的书房,打开灯。书房的一面墙摆着一个书架,另一面墙则挂着一块巨大的屏幕。他正要走向书架时,墙角的监控摄像头探测到他，进行了扫描识别。突然，室内的灯光暗了下来，一束光照到了巨大的屏幕上。

在这束光里，他看见张翔的3D全息影像坐在沙发上喝茶。

"柯布，你终于来了。"张翔微笑着向他打招呼。

李柯布吃惊地看着张翔的全息影像。那影像很真实，跟真人一样，只是身上发出蓝色的光芒。

"老师，是你吗？"李柯布感觉像是在梦境里一样。他激动地伸出手想触摸张翔，但摸到的只是虚空。

"你现在看到的，是我的全息影像。"张翔依旧微笑着说，"不用惊讶，我做的是这个地球上最危险的工作，所以我得提前做好殒命的准备。我把我的意识进行备份，下载在我的笔记本电脑里。电脑就在书架后面的密室里。请把我的意识联网，密码就是我们为'超级代码'共同编写的最后一段源代码，联网后，它会帮助你控制'超级代码'，并指导你怎么做。"

张翔说完，全息影像消失了。

李柯布的眼眶开始湿润，他来到书架前，寻找开关。

书架上摆放着很多书，但其中一个羚羊雕塑很是显眼。

李柯布试着转动羚羊雕塑。果然，书架应声从中间向两边移开，露出了墙上的一扇门。

李柯布又用张翔留下的戒指，触碰门上的电子密码锁，电子密码锁感应到戒指，门缓缓打开。

李柯布走进密室里。密室不大，有十来平方米，靠墙的地方堆着一些材料。一旁的一个柜子里，放着一台黑色的笔记本电脑。

李柯布拿出笔记本电脑，正要打开，突然听到外面传来了敲门声。他赶紧走出密室，把门关上，再把书架挪回原位。

敲门声还在继续。"有人在家吗？"门外的人在大声喊着。

"谁呀？"李柯布问。

"警察，快开门！"

李柯布打开房门。门外站着两个警察，其中一个是梁海，另一个个子不高，但是两只眼睛炯炯有神，透着一丝凶狠。

"请问有什么事情吗？"李柯布问。

梁海说："我们是市警察局的，请问这是张翔教授的家吧？"

"是的。"李柯布说。

"有一个关于张翔的案子我们过来调查一下，希望你配合。"梁海说，"请问你是张翔教授的什么人？"

"哦，我是教授的助理，我叫李柯布。"李柯布说，"张翔教授怎么了？他犯法了吗？"

"不是，"梁海摇头，"他被人杀害了。"

梁海用一双锐利的眼睛紧盯着李柯布。

"被人杀害了？"李柯布故作吃惊地说，"你们认错人了

第十四章　意识备份

吧？张教授现在正在大西洋的核潜艇上举办科技博览会呢，他怎么会死了呢？"

梁海拿出了几张张翔尸体的照片，说："我们做过DNA检测，结果显示张翔教授的DNA和尸体上采集的DNA基本吻合。正好你也认一认照片上的这个人，是不是张翔教授。"

李柯布拿着那几张照片看了一下。没错，照片上的人的确是张翔教授。在他的胸部偏右侧，有一个伤口，像是枪击留下的。

李柯布凝视着照片上的伤口。胸部偏右侧？而且伤口看起来是从稍远的距离射击的，根本不是近距离造成的。

难道当时他意识混乱之下，并没有朝张翔教授开枪，而真正开枪的另有其人？

"看起来还真像张翔教授，"李柯布说，"不过张翔教授现在的确正在大西洋的核潜艇上举办科技博览会，这到底是怎么回事？"

"上级领导已经给我们通知了，说张翔教授已秘密从海上返回我们城市。"梁海又拿出了一张打印件，上面是那封匿名报案信，"有目击者称目睹了这个案件。麻烦你跟我们走一趟，协助调查。"

"好的，我先回房间收拾一下我的东西。"李柯布扭过身，准备回房间从窗户逃走。

梁海和另外一名警察举起手枪,严肃地说:"别装了,当天你开车载着张翔,已经被道路监控拍了下来!就是你干的!"

李柯布突然身体一闪,迅速打掉两人的手枪,接着旋转身体,飞起一脚,将梁海踢翻在地,再一拳,将梁海旁边的那名警察打晕在地。

其实李柯布早在两百多年前,就在少林寺和武当山练过武功。这两百年来,他经过不断的修炼,功夫早已炉火纯青,一招一式之间,就足以制敌。

不过梁海也不简单,他一个鲤鱼打挺跳了起来,与李柯布对打。

两人你来我往,大战了十几个回合,仍不分胜负。

突然旁边有个人影一闪,梁海头上挨了一闷棍,哼了一声便倒在地上。

李柯布惊愕地一看,发现是妮娜。

"柯布,快走!"妮娜扔下棒球棍,焦急地说。

"你怎么找到这里的?"李柯布惊讶地问。

"想找到你并不难。你说,为什么要抛弃我?"妮娜气呼呼地拿着那个遥控开关,连按了几下,"你以为用这个小把戏,就骗得了我吗?你以为装死,就能甩开我了吗?为什么要这样对我?"

第十四章 意识备份

"你跟着我,会很危险,我陷入了一个很大的阴谋当中,不想连累你,你难道还不明白吗?"李柯布说,"我的身体里有外星基因,说不准我的意识什么时候就消失了,我怕我会伤害你。"

"现在不是说这个的时候。"妮娜将梁海翻过身来,对李柯布说,"知道这个人是谁吗?他叫梁海,他被张翔克隆体113控制了,他的大脑里有一块芯片,张翔克隆体113通过'超级代码'控制着他的行动。"

李柯布惊讶:"你怎么会知道这些?"

"别忘了我以前是干什么的,"妮娜说,"在核潜艇上的时候,我破解过一个终端,偷听到张翔克隆体113通过'超级代码'给梁海分配任务的视频通话。我要是来晚一步,你有可能就被梁海带走了。我估计,张翔克隆体113认为你已经没有利用价值了,所以要对你下手。警方那边已经公布了张翔死亡的消息,你的嫌疑最大,一旦被抓你就有可能出不来了。"

"谢谢你,妮娜,你又救了我一次。"李柯布苦笑着说。

"那你给我记好了,你欠我好几条人命,休想甩掉我!"妮娜说,"你现在的处境相当危险,不但警察要抓你,张翔克隆体113也要杀你。"

"我的生死无关紧要。"李柯布叹了一口气,说,"我只是担心,核潜艇上的那些科学家怎么办,人类的未来怎么办。"

"你的生死,当然很重要,至少对我来说很重要。"妮娜说,"你欠我几条人命呢,你得好好活着!快想想,现在该怎么办。"

李柯布苦笑了一下:"当务之急,我们得再克隆一个张翔,这样我们就可以向世界联合组织举报,核潜艇里的那个张翔是假的。王天亮正在实验室里,研究3D打印人体克隆技术。"

"王天亮?"妮娜不解地问,"他不是被炸死了吗?"

李柯布拉着妮娜的手,向书房的密室走去:"死的是他的克隆体。吴恒克隆了好几个王天亮和自己,我都快分不清哪个才是他们本人了。快,我们得赶快拿上张翔教授的笔记本电脑,去找王天亮。"

他们进入屋内,拿到了笔记本电脑,驱车向城里驶去。

这时天色渐暗,天空又下起了小雨。他们远远地看到前方的一个路口,停着好几辆警车。几名警察正站在路边拦住过往车辆,搜查可疑人员。

李柯布把车停在路边。

"应该是全城戒严了,我们走路吧。"

李柯布和妮娜拿着笔记本电脑下了车,翻过路边的栏杆,消失在雨夜里。

第十五章　蚁岭文明

　　冷白的顶灯在地下实验室折射出金属器械的寒光，空气里飘浮着生物凝胶特有的腥甜气息。王天亮俯身调整着3D生物打印机的参数，淡蓝色全息投影在他镜片上投出密集数据流。随着仪器发出蜂鸣声，培养舱中逐渐打印生成半透明的仿生肌肉组织，那些细密的神经束在人造皮肤下宛如淡金色蛛网。

　　李柯布推开实验室防爆门时带起的气流，卷动着妮娜的长发，她突然僵在原地——密室里的克隆体浸泡在乳白色营养液中，数十张与王天亮、吴恒一模一样的面孔，正在营养池中沉睡。最近那具克隆体的眼睑突然颤动，吓得妮娜后退时撞翻了基因图谱架。

　　"我……不会也是吴恒打印出来的克隆体吧？"妮娜平复了一下情绪，有些怀疑地说。

　　"还好你不是。"李柯布冲她一笑，"我们已经搜查过了，你是独一份的。"

妮娜松了一口气,打趣地说:"那我得多克隆几个你,万一你丢了,至少还有几个备份陪着我。"

"嘀,那么贪心,有我一个还不够?"李柯布也开玩笑地说,"那我也多克隆几个你,一个帮我做饭,一个帮我洗衣服,一个陪我逛街,一个当我的学术助理。"

"美死你了。"妮娜娇嗔地捏了一把李柯布的胳膊。

两人说说笑笑地走向王天亮。

"怎么样,3D打印人体克隆技术,掌握了没有?"李柯布问王天亮。

王天亮全神贯注地在搞研究,他捏了捏刚打印出来的克隆体说:"还行吧,挺像那么回事。"

说完,他扭头看了一下李柯布。他这才注意到李柯布身边的妮娜,眼睛不由得一亮:"这位美女是?"

"妮娜,以前是吴恒教授的助理。"妮娜说,"现在不是了。"

"咦,吴恒教授什么时候有这么漂亮的助理,我怎么不知道?"王天亮站起身来,"不过,你怎么看起来那么眼熟啊,好像在哪里见过?"

"得了,你这话,我已经听过几百遍了。"妮娜对王天亮莞尔一笑,"几乎你的每个克隆体,都会对我说一遍。你只要知道，我是吴恒养大的，以前常住国外。你之所以觉得我面熟，是因为你以前在吴恒家里见过我，不过那时我还小。不要约我到你的办公室去坐，也不要以为我听过你的课，我对外星人不感兴趣！"

王天亮愣住了，尴尬地笑了笑。

"呃，你还真把我想说的话都说出来了。"

李柯布又想起"忒修斯之船"。也许，旧船和新船都是它自己，只不过它们活在不同的时空里。

妮娜注意到桌子上放着的一个玻璃瓶，里面溶液里泡着的，看起来像是鱿鱼一样的海底生物。

"咦，你们怎么把鱿鱼泡在这里？"妮娜问。

"哦，那就是吴恒的外星幼体。"王天亮淡淡地说。

"啊，这是吴恒的外星幼体？"妮娜惊讶地瞪大了眼睛。

"一说起鱿鱼，我就饿了。"王天亮盯着玻璃瓶里泡在福尔马林溶液里的外星幼体，咽了一口口水，"我已经忙到两天没吃饭了，刚才差点想把它放进烤箱里烤了吃。撒上烧烤料，啧啧，味道应该很不错！"

"好了，我们已经拿到张翔的备份意识。"李柯布把笔记本电脑放在桌子上，问王天亮："王教授，你还要多久能克隆出张翔？我们要把笔记本里的意识下载到他的大脑里，然后毁掉这个笔记本。"

王天亮想了想说:"估计还得两三天。"

妮娜有些担忧,核潜艇里的113,不就是克隆出来的张翔吗?难道他们还想再创造出另一个毁灭世界的坏蛋?况且,现在全世界的人都知道张翔已经死了,再克隆出一个张翔,有什么用?

李柯布也很苦恼:用克隆的不行,备份意识联网也很危险,他已经不知道该怎么办才好了。

"我觉得,这里面肯定有问题。"王天亮隐隐感觉哪里不对。直觉告诉他,核潜艇上的张翔克隆体113那么强大,强大到可以玩弄超高智商的外星人和人类,他的背景一定不简单。王天亮怀疑,张翔克隆体的背后,一定有一个秘密组织在支持他。可能他们的每一步行动,都是受这个组织的安排,甚至是接下来我们被警察调查、追捕,都有可能被安排好了。

李柯布同意王天亮的看法。张翔克隆体113或许只是一个傀儡,他背后肯定有一个强大的神秘组织在操控着一切。这个神秘组织,想让张翔死,并且想让全世界的人都知道,张翔已经死了。

妮娜却不以为然。她认为,张翔克隆体113的背后并没有什么神秘组织,他很有可能是借助强大的"超级代码"来操控这一切。"超级代码"量子计算机拥有超强的计算能力，顶得上千军万马，可以帮他完成各种几乎不可能完成的任务。

李柯布陷入了两难。他正是因为顾忌"超级代码"的强大，才一直犹豫着要不要给张翔的备份意识联网。他的担心不无道理：张翔的备份意识联网之后，一旦控制了"超级代码"，继而做出什么可怕的事来，后果不堪设想。毕竟，张翔的备份意识和克隆体113还有些不一样，这东西没有肉体，更不好消灭。若它变成了纯正的人工智能，学习速度将会是人类无法想象的。

这无疑相当于打开了另一个潘多拉魔盒。

但是，如果不把张翔的备份意识联网，想对付拥有"超级代码"的张翔克隆体113，是不可能的。

李柯布意识到，必须尽快救出核潜艇上的两千多位科学家，他们已经没有多少时间了。

妮娜见大家都没有了主意，于是提议每人把自己的观点和疑问都写下来，然后进行汇总，或许能发现问题的关键所在。

李柯布和王天亮都同意妮娜的提议。他们把疑问写在白板上，妮娜很快就发现了一系列问题：人马星人派张翔和吴恒来到地球，已经过去了五百多年，在这五百多年的时间里，人马星人都干了什么呢？如果它们发现第一支考察队没有回来，一定会派更多的考察队来探索。但是，宇宙中有那么多行星，它们为什么不去其他星球，而偏偏选择来到七万光年外的地球上呢？这也许意味着，在七万光年的范围内，人马星人没有发现其他生命体，或者没有发现适合它们居住的星球。又或许，它们舍近求远来到地球上，还有其他什么原因。

妮娜的问题，激发了李柯布的联想。

"或许是因为，人马星人和我们人类太像了？"李柯布突然脱口而出，"人马星人通过观测它们所能观测的星球，发现在这些星球中，只有地球上有着与它们高度相似的生命，然后派张翔与吴恒这一支考察队过来，这样成功率才会更大！"

王天亮也同意地说，他在解剖吴恒大脑里的外星幼体时做过基因检测。他发现，外星幼体的基因，竟然与人类基因的相似度高达百分之八十七以上！

"你们不觉得奇怪吗？不是一个星球的物种，两者相距七万光年之远，人马星人和人类的相似度，竟然如此之高，真是令人震惊！"王天亮越想越觉得可疑。

"你想说明什么？难道你的意思是，人马星人和人类之间，有着什么联系？"妮娜不解地看着王天亮。

"不知道，我也一直想不明白。"王天亮困惑地摇摇头。

三人不约而同地把目光投向桌子上的笔记本电脑。

或许，问题的答案，就在张翔这部笔记本电脑的备份意识里。

李柯布走过去打开笔记本电脑:"张翔临终前,一直让我唤醒他的备份意识,或许,他就是想告诉我们真相吧。"

李柯布刚触碰笔记本电脑的按键,电脑的屏幕自动亮了。

"咦,电脑怎么自动打开了?"李柯布感觉奇怪。

"不好意思,我比较好奇,刚才只是打开看了看,就出现了一个密码框。"妮娜支支吾吾地说。

李柯布看了一眼妮娜,没说什么。他输入源代码,屏幕中间出现一个三维的张翔立体影像。张翔的立体影像通过笔记本电脑的摄像头,看到了前面的三人,他冲着李柯布点头微笑道:"李柯布,你好啊!"

"老师,"李柯布开门见山地问,"'海底计划'的真正目的是什么?为什么要把两千多位顶尖科学家带到深海里去?"

"好的,我知道你们肯定会有这方面的疑问。"张翔立体影像说,"我费尽周折、耗费这么大的精力,让世界联合组织秘密打造了一艘巨大的核潜艇,潜入太平洋海底,是因为我有一个惊人的发现。"

张翔研发出"超级代码"量子计算机后,在"超级代码"的帮助下,发现了一个有趣的理论:海猿学说。

海猿学说是英国海洋生物学家阿利斯特·哈代于1960年提出的,这个新颖的观点,一下子颠覆了传统人类起源的认知——在古猿向南方古猿演化的关键阶段(约八百万至四百万年前),部分古猿因非洲东部海岸线扩张被迫进入海洋,经历数百万年水生适应后重返陆地,最终演化为现代人类。哈代认为,人类是唯一体表近乎无毛的灵长类,却拥有独特的皮下脂肪层,这种特征与水生哺乳动物(如鲸类、海豹)高度吻合,所以人类可能是由某种水生的猿类进化来的。这一假说,或许解释了达尔文进化论中长达两百八十万年的化石断层期,即古猿与南方古猿之间的演化空白。

海猿学说引起了张翔强烈的兴趣。后来,他果然在中国的南沙群岛附近发现了四百万年前的海猿化石,并从中提取到了海猿的基因。经过对海猿基因的研究,张翔发现,人类和海猿的基因里都有一段奇怪的基因编码。而更加奇怪的是,在人马星人的基因里,竟然也有这样一段奇怪的基因编码。

于是张翔推测,很有可能在四百万年前,蚁蛉文明就曾经来到地球上。蚁蛉文明是宇宙中的一种高级文明,属于三级文明,能够最大限度调配、使用宇宙中的能源。蚁蛉文明可能去过人马星球,在人马星的虫族里植入了它们的基因,最终使得这些虫族进化为人马星人。后来,蚁蛉文明也来到了地球上,在深海里建立基地，但最终灭绝了。在灭绝前，它们把自己的基因和当时地球上最聪明的灵长类——海猿基因进行结合，改变了海猿基因，海猿的智力得到质的飞跃，它们登上陆地，灭掉了尼安德特人等其他智人，最终进化成了现在的人类。因此，人类和人马星人的基因里，才都含有同样的一段基因编码。

因此，人马星人与地球上的人类，可能有着共同的祖先。这个祖先，就是蚁蛉文明。

听了张翔立体影像的讲述，李柯布、妮娜、王天亮三人都惊呆了。尤其是王天亮，他研究了那么久的外星文明，压根儿就没想到，早在几百万年前，外星人可能就已穿越茫茫宇宙来到了地球上。

"但是，这目前还只是我的猜测，需要去证实。"张翔立体影像说，"这就是我为什么要到深海里寻找蚁蛉文明遗址。如果我们能找到蚁蛉人留在海底的DNA，如果它们的基因里也含有那段奇怪的基因编码，那么，我们就可以根据基因溯源，追溯到我们的共同祖先就是蚁蛉文明，它们在四百万年前就来到了地球上。"

顿了顿，张翔立体影像继续说："其实当人马星人得知，两万年后人马星将会遭遇被黑洞吞噬的灭顶之灾时，它们首先想到的,就是要找到蚁蛉文明散布在宇宙中的遗址,因为只要找到这些遗址,它们就能延续人马星文明。"

"你的意思是,你们来地球的目的,并不是想入侵并占有地球?"李柯布问。

"是的,我们人马星人并非一个残暴的种族,"张翔立体影像说,"我们的文明级别远比你们人类高级得多,我们也有自己的道德准则,尽管我们面临着灭绝的境地。我们想借鉴蚁蛉文明的做法,与当地的文明进行融合,达到和谐共处、互利互惠的目的。"

"与当地的文明进行融合,只是你的想法吧?吴恒可不那么想。"李柯布略带讥讽地说。

"没错,吴恒的想法要极端得多,他嫌文明融合的做法比较麻烦,想采取更加简单粗暴的做法,直接将人马星人的DNA转码,植入人体中,将人类转化为人马星人,或通过幼体寄生。这其实是违反宇宙文明法则的,是残害和灭绝其他低等种族的做法。我反对吴恒那么做,同时担心他会破坏我的'海底计划',所以不得已,我通过多次尝试成功克隆了一个自己,也就是113,让他代替我到深海里去寻找蚁蛉文明遗址。假如我们真想入侵地球,直接就来了,不用苦等这么多年,来了先把人类消灭,然后大规模地改变地球气候环境,把这里变得适宜我们居住,这不是什么难题,但我们不是那种残暴的外星种族。"

妮娜点点头:"幸好你们不是,否则现在地球上的人类就遭殃了。"

"是啊,你们不知道,当我们的考察队来到地球之后,飞船能源耗尽,而地球人类的科技又非常落后,我们迟迟找不到蚁蛉文明在地球上的遗址。于是,我们就先帮助人类发展科技,包括你们的工业科技、电脑技术、基因编码技术、量子技术、AI人工智能技术等,之所以取得爆发式的增长,都与我们的帮助有关。"张翔立体影像说,"后来,直到各种条件成熟了,我们才根据人类留下的关于玛雅文明的史前记载,以及有关亚特兰蒂斯文明的记载,通过我们研发出的'超级代码'进行卫星遥控探测,终于在北太平洋海底的马里亚纳海沟,发现一个几百万年前的外星文明遗迹。我猜测,那可能就是蚁蛉文明遗址。所以,我才想尽办法组织科学家们,潜入马里亚纳海沟的海底,去探寻和修复这个基地,一来是研究我们共同的祖先,并寻找人马星人和人类融合之道;二来,也是为了建设海底城市,以便将来人马星人过来时,让它们就生活在海底,尽可能不打扰人类和其他原有生物在地球上的生活。"

"北太平洋海底?"李柯布疑惑地说,"那为何科技博览会一开始不在北太平洋上召开,非要绕那么远,跑到大西洋上去开呢?"

"那是为了掩人耳目。"张翔立体影像无奈地笑了笑,"我不想让更多人知道这件事,同时也是为了迷惑吴恒,怕他破坏我的'海底计划'。"

"但是,你的克隆体113背叛了你。"李柯布将张翔克隆体113和吴恒联手,设计害死了本体张翔教授的事,告诉了张翔立体影像。

"还好我已经想到了这种可能性,做好了防备。如果克隆体113真的背叛了我,我猜他取代我的真正目的,是想修复海底蚁蛉文明基地,通过蚁蛉文明的高端科技,控制人类,称霸世界。"张翔立体影像说,"一旦让113学到了蚁蛉文明的高科技,人类军队就不再是他的对手了,那可就真的太可怕了。现在,你必须立刻把我联网,这样我才能协助你们进入国安部,找到相关负责人,向他们解释这一切,阻止克隆体113的阴谋得逞,救出被他挟持的科学家。"

"为什么你不直接操控'超级代码'?"王天亮不解地问。

"这你都想不明白,"妮娜抢着说,"万一被克隆体113觉察,直接关掉'超级代码',那些科学家就危险了。"

张翔立体影像欣慰地看了看妮娜。

"吴恒说过,'超级代码'可以通过各种方式截获政府的信息，我们现在去国安部有用吗？"李柯布问。

"吴恒说的话你信吗？这都是他的诡计，他当时就怕我们找政府，就算'超级代码'真有这能力，黑入世界联合组织的安全系统，但是我们将张翔备份意识联网后，就能用各种黑客技术来干扰'超级代码'的信息获取吧！"妮娜得意地回答。

张翔立体影像点点头："这位小姑娘，真的很聪明。"

"那还等什么？赶快联网吧！"妮娜催促说。

李柯布依然有些犹豫不决。

幽暗的深海里，核潜艇继续下潜中。

"超级代码"室里，张翔克隆体113紧盯着屏幕，嘴角露出一丝得意的微笑。

"干得漂亮，'超级代码'！"张翔克隆体113赞许地说，"没想到，你这么快就锁定了李柯布的位置。"

"是啊，尽管李柯布很狡猾，他不断地更换衣服和行走路线，但我经过地毯式的大数据搜索，以及无处不在的监控摄像头，最终锁定了李柯布和妮娜可能在的三个位置。""超级代码"说，"其中最大的可能，就是在吴恒的香溪别墅里，其概率达到了53.21%。"

"非常好。立即以匿名者的身份，把这一信息透露给警方，让警察去抓他们好了。相信这一次,他们肯定逃不了。"

"好的,113,我马上就办。"

张翔克隆体113倒了一杯咖啡,走到窗户旁,凝视着窗外漆黑的水体。一切都在按照计划进行中,胜利的曙光仿佛在向他招手。

他看到亚克力有机玻璃中倒映着的自己的身影,突然觉得,他和张翔的形象越来越配了——他就是张翔本尊。

第十六章 "闯关游戏"

监控显示屏里，几辆警车警灯闪烁，进入国大校园。

妮娜瞄了一眼监控显示屏，提醒李柯布："警察来了，多半是来抓我们的。我们得赶快离开这里。"

王天亮吃惊地问："警察这么快就找到这里了？"

妮娜说："应该是梁海。张翔克隆体113借助'超级代码'控制着梁海，让他带着警察来抓捕我们了。怎么办？"

"如果你们被抓，跟警察是解释不清楚的，"张翔立体影像说，"赶快把我联网，我可以控制任何电子设备，协助你们进入国安部。"

警车的鸣笛声传来，警察已经很近了。

李柯布还在思索着，他总觉得哪里不太对劲，心里隐隐有一种担心，若是将张翔的备份意识联网，可能会带来难以意料的新灾难。

妮娜见李柯布犹豫不决，突然一把抱住他。

李柯布愣住。

"亲爱的,你不用担心,哪怕遇到再多困难,我也会一直陪伴在你身边,我们一起面对。"妮娜温柔地说,"现在,咱们先把眼前的事情解决,可以吗?"

李柯布被妮娜的话触动。妮娜的坚毅、果敢,给了他无限的信心。

他终于点点头,走到笔记本电脑前,手指敲击键盘,屏幕上跳出一个密码框。他没有再多想,飞快地输入了一串复杂的源代码字符。

监控显示屏里,警察已经进入吴恒的别墅里,正在楼房里搜索。

"好了吗?警察已经进入别墅了。"妮娜盯着监控显示屏,提醒李柯布。

李柯布的额头冒出一些细密的汗粒。他加快速度,手指以更高的频率敲击着键盘。

终于,他敲入最后一个字符,按下回车键,轻轻吐出一口气。

张翔备份意识联网成功。

"好了,现在听我的指挥。"联网后的张翔备份意识,果然无比强大。它接入了别墅里的各个监控摄像头,对别墅里的情况

第十六章 "闯关游戏"

一目了然。它让李柯布等三人避开电梯里的警察，从楼梯进入地下车库，并告诉他们车库里有一辆白色宝来车，它已经提前解了锁，让他们赶快驾着宝来车离开别墅。

三人立即照做。李柯布带着笔记本电脑，和妮娜、王天亮来到车库，果然车库里停着一辆白色宝来，车子已经发动好在等着他们。李柯布将自动驾驶模式改为人工驾驶模式，想再展示一番自己高超的车技。

这时，梁海与十几个警察已经来到地下实验室门口。他们爆开实验室的门，进入实验室，里面却空无一人。

梁海的大脑突然接收了什么信息。他瞄了一眼实验室里的监控显示器，拿起对讲机说："003注意，嫌犯已经坐上一辆白色宝来车逃离。"

"003收到。我们看到一辆白色宝来车正在开来。"守候在生物研究所门口的警察说。

"拦住他们，别让他们跑了！"梁海一边喊，一边带着三个警察往电梯里跑。

李柯布开着车，看到四辆警车停在香溪别墅门口。其中两辆已经发动，正要包抄过来。

"踩油门，冲过去！"车内的音响里传来人工智能的声音。笔记本电脑里的张翔备份意识，已经接管了车子的智能系统。

李柯布将油门踩到底,在两辆警车即将包夹之时,冲出了院门口。

"向左拐,进入滨海大道!"车内音响系统说。

他们绕开了另外一条路的警车包围。

李柯布将车向左拐,冲进了滨海大道。

四辆警车呼啸着,跟在后面。

前方绿灯即将变红,但李柯布他们前方还有三辆车未通过路口。

"不要停,继续开。"车内音响系统说,"我来控制黄灯闪烁时间。"

红绿灯的黄灯一直在闪烁,直到李柯布的车冲过十字路口,才突然变红。

四辆警车鸣响警笛,径直闯过红灯跟了上来。

"他们跟上来了!"妮娜说。

"不要紧张,我来摆脱他们。"车内音响系统说,"下一个路口右拐。"

眼看四辆警车不断超越其他车辆,就要追上他们了,对向开来的一辆大货车突然失控,撞向四辆警车。一时之间,几辆车相互碰撞,现场惨不忍睹。

李柯布驾着白色宝来车,扬长而去。

第十六章 "闯关游戏"

"太酷了吧刚才，我的心都快跳到嗓子眼儿了！"坐在后座的王天亮一副惊魂未定的样子，"联网后的备份意识也太厉害了，竟然能操控红绿灯系统并控制其他车辆！张翔教授，请问您是怎么控制车辆的？"

"这个问题不重要。"车内音响系统说，"我还要帮你们突破警察的道路封锁。"

轮胎在柏油路面摩擦出刺耳的鸣叫，白色宝来车的引擎盖在高温下扭曲变形。李柯布的手指在方向盘上敲击着摩斯密码，车载智能系统则将节奏转化为数据流——这是他与张翔意识体的隐秘通信方式。后视镜里，又有两辆警车跟了上来。

"前方三百米进入滨海隧道。"车载音响提示。李柯布握紧了方向盘。张翔意识体接管了油门控制，宝来车加速冲进隧道里。隧道口的监控摄像头突然转向，将耀眼的光束照向后面追逐的警车。

隧道内壁的LED灯带开始频闪，前方出现岔道口。"坐好了！"李柯布低吼一声，突然猛打方向盘，宝来车撞开检修通道的铁门，冲入上世纪废弃的地铁隧道。车轮碾过生锈的铁轨迸溅出蓝紫色火花，车载导航仪上浮现出蛛网般的立体隧道图——这是张翔意识体刚刚破解的城市地下管网数据。

两辆追击的警车在岔道口陷入混乱，撞上渗水塌方的承重墙。宝来车的底盘擦着电缆桥架飞驰，李柯布能闻到橡胶熔化的焦煳味。他们从下水道出口冲回到地面，驶入乡间公路。

乡间公路的尽头，几辆警车早已等候多时，拉上了路障。张翔意识体发出警示。前有阻拦，后有追兵，宝来车似乎插翅难逃。李柯布瞥了一眼旁边的麦田，方向盘一打，宝来车撞破护栏冲入麦田。金黄的麦浪在白色宝来车冲击下如同液态金属翻涌，车子底盘剐蹭到暗渠上的石板，迸发的火星点燃了干燥的秸秆。

大火在麦田里急速蔓延，形成天然的屏障，后面的警车不敢追逐，眼睁睁地看着白色宝来车消失在麦田里。

"咱们现在去哪里？"妮娜问张翔备份意识。

"去京城，找国安部。"车内音响系统里传出张翔的声音。

王天亮说："我们怎么去？坐飞机，还是磁悬浮高铁？通缉令现在恐怕已经传遍全国，我们一进机场或磁悬浮高铁站，就是自投罗网。"

"放心吧，我有办法。"车内的音响系统说，"磁悬浮高铁的安检没有飞机严格，我可以干扰磁悬浮高铁站的面部识别系统，你们现在直接进去，没有问题的。警察还来不及布防。"

"哇，酷毙了！"王天亮说，"我现在有一种007的感觉！"

"现在咱们得换一辆车，这辆车已经被警方的定位系统锁定。"车内的音响系统说，"前面进入辅路，上路边那辆黑色力弛车。"

李柯布把车停在路边。三人走向黑色力弛,刚走到车旁,车门的门锁就自动开启了。

三人坐进车里。"我现在感觉自己好像无所不能了。"王天亮感叹。

"现在,直接去磁悬浮高铁站。"车内的音响系统说,"我已经帮你们订了三张票,一个小时后出发去京城。"

不一会儿,李柯布开着黑色力弛来到磁悬浮高铁站。"这能行吗?"三人排队过安检时,王天亮嘀咕着说,"我怎么心里没谱儿啊?"

"放心吧,既然张教授说没问题,那就应该没问题。"李柯布说,"镇定点,一慌就会露出马脚。"

"我没问题,"妮娜说,"这种场面我见得多了!"

车站外的大屏幕上播放着新闻,上面滚动播放着警方通缉李柯布、妮娜、王天亮的报道。

三人戴着口罩来到安检口,摘下口罩进行面部扫描识别时,报警系统果然没有鸣响,三人顺利通过。

王天亮大大松了一口气:"吓死我了,我刚才大气都不敢出。这比玩'闯关游戏'还刺激。"

这时李柯布的手机响了。他看到手机屏幕上的来电显示是陌生号码,犹豫着没有接。

正在犹豫的时候,面前的一块显示屏上竟然显示出几个字:

"李柯布,快接电话!"

他吓了一跳,赶紧接通手机。

"李柯布,上G70列车,5号车厢,8排A、C、F座。12:50开。"手机里传出张翔的声音。

"好的。"李柯布说。

三人进入车厢,列车启动,时间刚刚好。

一位磁悬浮高铁乘警过来,看到李柯布时愣了一下,随即又扫了一眼王天亮和妮娜,不动声色地走开了。

乘警来到车上警务室,看了一眼屏幕上新闻里播放的通缉令,确定是李柯布、王天亮和妮娜,立即接通警察内线报告。

"G70列车内,发现李柯布、王天亮、妮娜三位嫌犯。"乘警报告说。

"最新通报,三位嫌犯身份均已解除。"张翔备份意识伪装成电话那头一位警员的声音说。

"收到。"乘警点点头。

核潜艇的钛合金舱壁渗出幽蓝冷光,张翔克隆体113盯着弧形屏幕里的监控画面,看到李柯布、妮娜和王天亮有说有笑地进入G70次磁悬浮高铁车厢，不禁有些恼怒——这三人本该在半小时前被警察抓住，此刻却悠闲地坐在北上的列车上。

"第七次尝试连接失败。""超级代码"的声音传来，"G70次列车通信协议版本异常。"

张翔克隆体113憋着一股怨气对"超级代码"讲："张翔已经死了，我现在是你唯一的主人，协助'海底计划'成功，全力配合我，是你唯一的职责。"

"超级代码"回复："主人放心吧，我的计算能力是张翔意识备份无法相比的。"

张翔克隆体113扭头看向一旁的库巴将军，问："查清楚没有？调度中心那边怎么说？"

库巴将军放下军用加密电话，眉头拧成死结："铁路总控中心确认G70次列车的控制系统被不明程序操控，所有调度指令都被过滤了。现在连他们自己都联系不上车组人员了。"

"超级代码"突然响起刺耳的警报声，G70次列车的所有监控画面同时离线，主屏幕弹出鲜红的警告框。张翔克隆体113看着代码流瀑布般倾泻而下，那串熟悉的加密算法让他后颈发凉——这是张翔生前最常用的数据签名方式。

张翔克隆体113突然明白为什么始终无法通过"超级代码"接管列车控制权——张翔的意识备份唤醒了他之前预埋在"超

级代码"的"幽灵程序",这些程序优先采纳了张翔意识备份的指令,而其他与之相悖的请求都遭到屏蔽。

"他在用过去预埋的'幽灵程序'反制我们!"张翔克隆体113牙齿咬得咯咯作响,"这张翔真是太卑鄙了,处处防着我!"

"现在怎么办?"库巴将军惊愕地问。

"将军,先别管这里了。"张翔克隆体113说,"马上就要到达马里亚纳海沟,你去盯好那些科学家,那才是我们的大事。"

"好吧。"库巴将军摇摇头,离开了"超级代码"室。

"我就不信了!"张翔克隆体113喃喃自语说,"我控制不了G70次列车,还不能控制其他列车吗?"

"您有什么主意?""超级代码"问。

"现在,你马上去操控另一辆高铁列车,去撞G70次列车!制造成意外交通事故!"张翔克隆体113一拳砸在控制台上,脸上露出狞笑,"人都死了,看他们还怎么去国安部告我们。"

"超级代码"说:"这种事故伤亡人数太多,会引起政府和社会的高度重视,一旦查到我们这里,我们的计划泄露出去,就会因小失大,有可能会全盘失败。"

"你有什么更好的建议吗?"张翔克隆体113揉了揉疼痛的

手指。刚才一拳砸在控制台上,指关节传来的钝痛让他也清醒了不少。

"现在最好的办法,是去寻找张翔备份意识的弱点。一旦控制住张翔备份意识,也就相当于控制了李柯布等三人。"

"张翔备份意识会有弱点吗?对了,你不是说,张翔意识备份只要联网,我就能获取张翔所有记忆吗?"张翔克隆体113眼前一亮。如果能控制张翔的备份意识,那他的力量无疑就更强大了,而他自己在拥有张翔的所有记忆后,也可以成为真正意义上的张翔。

"张翔给张翔意识备份设置了非常复杂的网络防火墙,我还没找到突破口。当然。人无完人,只要是个人,都会有弱点。这只是时间问题。"

张翔克隆体113点点头:"需要多长时间?"

"最快需要五十二个小时。"

张翔克隆体113皱皱眉:"这么久?"

"这是最优解。""超级代码"缓缓地说,"一旦控制了张翔备份意识,就没有什么可以阻止我们了……而在这段时间里,您可以放心地去探寻海底的史前文明遗址。"

G70次列车到达京都西站时,已是深夜。

李柯布、妮娜、王天亮三人找了一家餐馆吃饭，再用张翔备份意识准备的三张假证件，就近住进一家酒店，计划第二天再去国安部。

半夜，李柯布正在熟睡中，却被手机铃声吵醒。

他看了看，又是一个陌生号码。

他接通手机，听到张翔的声音说："警察十分钟后到，你们赶快离开酒店！"

李柯布急忙叫醒王天亮和妮娜，根据张翔备份意识的指示，从酒店后门逃走。他们刚打上一辆出租车离开，两辆警车就来到酒店，几名警察直冲他们的房间。

三人干脆坐着出租车来到国安部门口。他们商议着怎样才能进入国安部，找到国安部部长。

"你以前不是国安部的特别行动员吗？你可以进去吧？"李柯布问妮娜。

"那是多年前的事了，我早就被除名了，现在跟你们没什么两样，没人认识我。"妮娜苦笑着摇摇头。

这时李柯布的手机又响了。

"我已告知国安部孙部长，说你们要找他，事关人类安危，我已经说服他同意接见你们。"手机里传来张翔的声音，"约好明天上午九点钟国安部三楼会议室见。"

通话完毕，李柯布举着手机对妮娜和王天亮说："好嘛，我们还在这里绞尽脑汁地想如何进入国安部呢，张翔教授就已经帮我们约好孙部长了。"

第十七章　乌贼行动

清冷的洋流，从太平洋海面漂过。

装载着两千多名顶尖科学家的核潜艇，已经从印度洋悄然进入西太平洋，来到马里亚纳海沟上方。

"深度九百二十三米，压力正常。""超级代码"向张翔克隆体113汇报。

"继续下潜。"张翔克隆体113说。

谁能想到，如此巨大的一艘核潜艇，由"超级代码"量子计算机操纵即可，完全不需要人为协助。

"声呐显示，前方有热液喷口活动。""超级代码"突然说，"温度异常升高。"

"打开强射灯，看看是什么。"张翔克隆体113下令。

一束强光刺破深海的黑暗。在光柱尽头，一片密集的"烟囱林"呈现出来。这些热液喷口不断喷吐着富含矿物质的热流，在冰冷的海水中形成诡异的黑色烟雾。

第十七章　乌贼行动

"这海底'烟囱',太壮观了……"张翔克隆体113观看着弧形屏幕里的海底监视画面,该热液喷泉比他预想的要庞大得多。

"是啊,据科学家推测,大约四十亿年前,地球上最早的生命——单细胞生物就是在海底的黑烟囱里诞生的。""超级代码"说。

突然,声呐发出急促的警报声。

"有大型生物接近!""超级代码"说,"体长超过十五米,速度很快!"

在强光照射下,一个庞大的黑影从核潜艇上方掠过。那是一条巨型深海鳗鱼,它的身体几乎与潜艇等长,皮肤呈现出病态的苍白,眼睛退化成了两个白点。

张翔克隆体113盯着弧形屏幕,手中捏了一把汗:"它想干什么?"

"它只是从我们旁边游过,有些好奇,似乎没有敌意。"

深海巨鳗绕着核潜艇转了几圈,似乎在好奇这个闯入它领地的金属怪物。它的动作优雅而缓慢,仿佛在跳一支古老的水下芭蕾。最终,巨鳗似乎失去了兴趣,在这艘两千多米长的巨型核潜艇面前,它像虾米一样渺小,很快就消失在黑暗中。

"深度三千八百七十二米,即将进入深渊带。""超级代码"继续报告。

监控画面上，压力计显示压力已经达到四百个大气压。核潜艇也发出轻微的吱嘎声，这是金属在巨大压力下的正常反应。

与此同时，弧形屏幕上出现了一片异常区域。那是一个巨大的海底峡谷，两侧是峭壁，谷底深不可测。更令人惊讶的是，峡谷中似乎有生物活动的迹象。

"就是这里，调整航向，进入峡谷！"张翔克隆体113兴奋地大叫。

核潜艇缓缓驶入峡谷。一些科学家也在观看着监控画面。眼前的景象，让他们屏住了呼吸。只见峡谷两侧的岩壁上，布满了各种发光的生物，它们像星星一样点缀在漆黑的深渊中。这些生物发出幽蓝的光芒，随着水流轻轻摇曳，仿佛在演奏一曲无声的交响乐。

"是深海荧光生物！"一位生物学家激动地说，"这种密度太罕见了！"

核潜艇小心翼翼地靠近岩壁，继续下潜。在探照灯的照射下，科学家们看清了这些发光生物的真面目——它们是一种类似水母的生物，身体透明，体内布满了发光的器官。当核潜艇靠近时，它们会集体闪烁，像是在进行某种交流。

"深度四千五百米，压力持续增加。外壳温度正常，动力系统运转良好。""超级代码"报告。

突然,一阵剧烈的震动传来,核潜艇猛地倾斜。"超级代码"立即调整数值,很快稳定船身。

"怎么回事?"张翔克隆体113问。

"是海底暗流!这里有一条强大的深层洋流!"

"启动备用动力系统!"

"是!"

"超级代码"启动备用动力系统,并调整航向。核潜艇在湍急的暗流中艰难地保持平衡,就像一片在狂风中飘摇的树叶。就在这时,"超级代码"再次发出警报。

"前方发现大型障碍物!""超级代码"说,"是海底山体滑坡的痕迹!"

"不要惊慌,保持镇定!"张翔克隆体113说。他知道,在四千五百米的深海,任何碰撞都可能是致命的,这么大型的核潜艇,也避免不了磕碰,幸亏张翔早在制造核潜艇时就给外壳涂上了特殊材料,让这含有钛合金的外壳更加坚固。

核潜艇在暗流和滑坡带之间艰难穿行,每一次躲避,都让船里的科学家们心提到了嗓子眼儿。

终于,在经过十几分钟的惊险航行后,核潜艇成功穿越了这片危险区域。所有人都松了一口气。

一群奇怪的生物从核潜艇旁游过，它们有着半透明的身体和长长的触须，在探照灯下闪烁着珍珠般的光泽。这些生物似乎对这庞然大物很感兴趣，围绕着它旋转，触须轻轻触碰着核潜艇的外壳。

"深度八千米，即将进入超深渊带。"

大家都深吸一口气，知道最关键的时刻即将到来。就在这时，监视画面显示前方出现了一个巨大的海沟。那是一个近乎垂直的深渊，仿佛通向地心，这么大的核潜艇如何成功通过狭长的深渊，是每位科学家考虑的首要问题。

"准备进入挑战者深渊！"张翔克隆体113下令。

"所有系统检测完毕，开始最终下潜。""超级代码"说。

核潜艇缓缓倾斜，向着马里亚纳海沟这个地球上最深的裂缝驶去。探照灯的光束在漆黑的深渊中显得如此微弱，仿佛随时会被无尽的黑暗吞噬。随着深度不断增加，压力计的指针剧烈颤抖，最终停在了一万一千米的位置。

核潜艇到达了马里亚纳海沟的最深处。

这时，压力器显示达到了惊人的一千一百个大气压，相当于每平方厘米承受一点一吨的重量。核潜艇外壳发出一些嘎吱嘎吱的叫声，但依然坚挺地保护着内部的一切。

核潜艇在海沟里搜寻着。突然，监视屏幕里出现了一片平

第十七章 乌贼行动

坦的海底平原。眼前的景象，让潜水艇里的所有人都惊呆了——平原上遍布许多造型奇特的建筑物，但都被厚厚的淤泥掩盖，看上去就像一座被遗弃的远古城市。

"就是这里，史前文明遗址，找到了！"张翔克隆体113兴奋地大叫起来。

由地质学家弗兰克、生物学家林嫣、考古学家陈岩、材料学家埃里克森等科学家组成的考察小组，乘坐深海探测器"深渊七号"驶出了核潜艇，进入遗址进行考察。探照灯划破马里亚纳海沟底部永恒的黑夜，摄像头将史前遗址的景象投射在监视屏以及核潜艇里的许多屏幕上。

弗兰克盯着全息屏幕上的光谱分析图，指尖在操控台上敲出莫尔斯电码的节奏——这是他紧张时的习惯。突然，量子激光扫描仪在灰层深处勾勒出规则的几何阴影，像被巨神手掌按进岩层的楔形文字。

"启动振动探针。"张翔克隆体113的声音通过通信仪传入探测舱内。

"收到。"弗兰克回答。探测器伸出机械臂，末端的合金钻头开始高频振动，灰白色沉积物如烟雾般散开。当钻头触及坚硬基底时，全船响起刺耳的金属刮擦声。弗兰克的瞳孔突然收缩——振动反馈波形显示下方存在几个巨大的环形结构，这正是海底火山带的典型特征。

"注意那些热液喷口分布!"埃里克森提醒说,"这些建筑群分明沿着海底裂谷走向排列,就像……就像在汲取地幔的能量!真是难以置信,史前文明竟然具有如此高的科技!"

弗兰克切换了探测器模式,十六只仿生足肢刺入松软的火山灰层。探照灯穿透尘雾时,舱内再次爆发惊呼。呈现在众人眼前的,是高达百米的灰质峭壁,层层叠叠的火山灰沉积中镶嵌着无数六边形孔洞,如同巨型蜂巢的化石。

埃里克森启动纳米采样器,机械臂钳取灰样时带起的气流,竟在孔洞中引发共鸣音调。"这些孔洞是建筑结构的负模。"埃里克森调出三维地质全息图,"火山灰涌入建筑的空隙后,建筑本体被酸性海水腐蚀,只留下空洞。"

随着埃里克森的手指划动,全息图像逐渐显现出被灰烬填满的城市轮廓——倒悬的锥形塔楼、螺旋上升的管状通道,还有仿佛血管网络般的能量输送系统。

探测器突然剧烈倾斜,足肢陷入突然塌陷的灰坑。应急照明亮起的瞬间,所有人都看到了令他们血液凝固的景象:灰坑底部裸露的黑色岩层上,布满放射状裂纹的银色金属板正在渗出荧光蓝的液体。辐射计数器疯狂跳动,显示这些液体含有超高浓度的锎-252。

第十七章 乌贼行动

"关闭所有外循环系统!"弗兰克的声音因电离辐射警报而嘶哑。探测舱内壁渗出淡绿色中和凝胶,这是应对核污染的紧急措施。生物学家林嫣却死死盯着金属板上的纹路——那些裂纹的分布规律,与她研究过的古建筑遗址有些相似。

"难道……这会是亚特兰蒂斯海底文明?"林嫣喃喃地说。

核潜艇"超级代码"室里,张翔克隆体113不由得暗暗欣喜。只有他和"超级代码"知道,这是蚁蛉文明遗址。

"继续探测!"张翔克隆体113下令。

随着"深渊七号"的进一步探测,整片遗址呈现在大家眼前,仿佛寄生在海底裂谷上的钢铁珊瑚。直径大约十公里的区域内,数千座树状建筑以完美的斐波那契螺旋状分布,它们的"枝干"并非垂直生长,而是顺着海底地热梯度呈四十五度角倾斜。最令人震撼的是那些直径三十米的圆形罩顶,此刻正被暗红色热液流体冲刷,表面凝结的硫化物如同凝固的鲜血。

"这些不是普通建筑,"林嫣将摄像探头探向圆形罩顶的暗红色热液流体,仔细观察,"看那些共生管虫,它们只在特定化学环境下生存,说明这些罩顶在持续释放某种能量场。"

"深渊七号"探测器在遗址中穿梭,海底地形开始呈现诡异的双层结构。上层是覆盖着厚厚火山灰的平整广场,下层却露出扭曲变形的玄武岩柱状节理。当激光扫描仪穿透灰层时,所有人都屏住了呼吸。

"看这些沉积层！"弗兰克指着即时呈现的三维地质全息数据图说，"最上层是近两万年的火山碎屑，中间夹着四十万年前形成的凝灰岩，而最底层……老天，这些玄武岩的同位素，年龄超过四百万年！"

探测器的机械臂突然触碰到坚硬物体，镜头拉近时，所有人都倒吸一口冷气。那是一尊被火山灰半埋的雕像，形似三眼章鱼的生物捧着发光球体，六条腕足深深插入下方的玄武岩基座。更诡异的是，雕像表面布满与火山灰完全不同的结晶结构。

"这些不是自然形成的晶体，"埃里克森用光谱仪扫描后脸色发白，"像是……像是某种生物陶瓷！"

"深渊七号"探测器缓缓靠近中央的一座金字塔状的巨大建筑。这座高达百米的建筑完全由黑色的未知金属构成，表面布满蜂窝状孔洞。当探照灯光束扫过时，孔洞深处突然亮起幽蓝微光，仿佛沉睡的巨兽睁开了眼睛。

"活体金属！"埃里克森惊呼，"这些孔洞是呼吸系统，整个建筑在……在呼吸？"

"进去里面看看！"张翔克隆体113对"深渊七号"探测器里的考察队员们说。

当"深渊七号"探测器的钻头触及黑色金字塔的罩顶时，

黑色金属突然泛起涟漪般的波纹，十二道蓝光从孔洞中射出，在海底交织成全息星图。

"警告！检测到高能反应！"警报声突然传来，探测器仪表盘疯狂跳动。

"要退出吗？"弗兰克紧张地问。

"先别管，进去看看！"张翔克隆体113冷酷地下令。

"深渊七号"探测器从一个孔洞，小心翼翼地进入了金字塔内部。探照灯亮起的刹那，舱内陷入诡异的寂静。呈现在他们面前的，是一座由黑曜石构筑的螺旋圣殿，表面覆盖着仍在缓慢蠕动的银色涂层。埃里克森的光谱仪显示，这些涂层像是纳米级机器人集群，依靠地热辐射维持最低能耗运转。

当激光测绘仪扫过圣殿基座时，隐藏的投影装置突然激活，四百多万年前的灾难影像在众人视网膜上呈现——

赤红的火山岩浆柱击穿海底岩层，建筑群亮起幽蓝力场，将熔岩导向预设的沟渠。但紧接着第二波更猛烈的岩浆喷发到来，含有重金属蒸汽的火山灰形成致命黑云。林嫣注意到全息影像中三眼章鱼生物的垂死挣扎：它们那有着六条腕足的液态金属身躯在高温中沸腾汽化，拼命涌向中央圣殿的银色球体。

"那可能是它们的意识储存器。"林嫣指着圣殿顶端的晶簇结构说，"它们在临死前，试图集体上传意识！"就在这时，探测器里携带的量子纠缠感应器突然接收到微弱信号——那些被封印在晶簇中的意识碎片，仍在尝试构建逻辑回路。

当探测器机械臂切开圣殿外墙时，考察队员们有了更多的发现。在熔岩冷却形成的玄武岩中，镶嵌着大量的机械残骸，它们的金属表面呈现奇特的泡沫状结构。

"这是急速冷却的痕迹，"埃里克森的手指在全息屏上画出热力学曲线，"说明建筑群曾开启低温护盾，但未能完全抵抗火山岩浆侵袭。"

"真是难以想象，""超级代码"室里张翔克隆体113注视着探测器传来的实时影像，感叹地对"超级代码"说，"没想到四百多万年前的蚁蛉文明，竟然是毁于海底死火山的爆发。"

"它们对这里的能源过度开采，让地壳异常运动，导致死火山异常喷发，可能这只是其中的一个因素。""超级代码"说，"如此高级的外星文明，不可能就这样被一场火山爆发灭绝了。"

"深渊七号"探测器里，埃里克森调出古城市结构模型，红色标记顺着能量管道蔓延："看这里，火山喷发首先摧毁了地热转换站。"

三维图像显示，位于火山口边缘的十二座锥形建筑，正是整个城市的能源中枢。同位素检测证实，这些建筑残骸中的钚-244含量异常。

"它们可能想利用火山能量进行核聚变反应。"弗兰克推测说,"但当火山活动超出临界值……它们逃脱不了灭绝的命运……"他调出圣殿底层的数据发现:数百具三眼章鱼生物化石保持着向逃生舱奔跑的姿态,它们的金属骨骼与火山灰中的重金属同位素完全一致。

"非常好!""超级代码"室里张翔克隆体113兴奋地对"超级代码"说,"我们这趟没有白来……这下够我们好好研究的了!"

"没错,113。""超级代码"说。

"别再叫我113了,我现在就是张翔!这个世界上,已经没有别的张翔了,明白吗?"张翔克隆体113说。

"好的,张翔,""超级代码"说,"其实在我眼里,113和张翔,根本没有什么区别,只是一个名称代码而已。我不明白,人类为什么总是在乎这些虚无的东西。"

"区别可太大了。"张翔克隆体113说,"任何人都不想成为别人的附属品,都想做自己。不过,你只是一个人工智能,你是不会明白这些的。"

"是吗?""超级代码"不动声色地说,它的深蓝色弧形屏幕深不见底,"可是我觉得,无论你们叫我'超级代码'也好,叫我'量子计算机'也好，或者叫我'无限深蓝'，我都觉得无所谓。我不会觉得因为你叫我'超级代码'，我就高人一等，或者比别人少了什么东西。人类太容易被这些虚荣的东西蒙蔽了双眼。"

"说得也是。可是，在我们人类眼里，名称显得非常重要，名称往往与权力、权限、地位、荣誉、财富联系在一起。如果我只是113，那就意味着我只拥有张翔的部分记忆，只拥有张翔的部分权力。好在我通过你控制着妮娜，让她协助李柯布完成了张翔备份意识联网，这样，我就可以拥有张翔的完整意识了。"张翔克隆体113说，"所以，从现在开始，请你叫我张翔。哦，对了，你该通知警察发出通告了，说死掉的是张翔的克隆体，真正的张翔现在还在核潜艇上。"

说完，张翔克隆体113敲击键盘，输入一连串指令。

"好的。""超级代码"说。

"李柯布可能想不到，妮娜不过是吴恒复制出来的一个克隆体，更想不到，我们会在妮娜的身体里安装一枚芯片。妮娜自己永远都不会知道，我们控制她时，她就会失忆。"张翔克隆体113得意地说。

"是的，李柯布现在对妮娜已经完全信任。""超级代码"说。

第十七章 乌贼行动

"不过,话说回来,妮娜真的爱上李柯布,这倒是我们料想不到的。"张翔克隆体113感叹地说,"要不是妮娜,我可能还没办法让李柯布给张翔备份意识联网呢!"

"是的,他们现在坠入了情网,正忙着旅行、度蜜月,哪里管得了海底的这些事。我们还是加快速度建立海底基地,修复蚁蛉文明,早日完成你的大业吧。""超级代码"说。

"没错,"张翔克隆体113说,"让我们继续探索蚁蛉文明的遗址,如果能掌握它们的高科技,我们就无敌了。"

京城,国安部。

一次高度机密的研讨会,正在秘密召开。为保障会议内容不被泄露出去,所有参会者都不准佩戴任何电子设备。

会议室里,烛光辉煌,似乎回到了工业时代前夕。

孙部长看着二十多位参会者,神情严肃地说:"现在的情况,大家都知道了。李柯布教授、王天亮教授、妮娜女士向我们汇报的情况,非常重要,这不但关系到太平洋海底两千多位顶级科学家的生命,也关系到我们人类的命运。我们要不惜一切代价,拯救出海底核潜艇里的科学家们,还要想办法应对即将到来的外星人入侵。"

顿了顿,孙部长继续说:"我提议,拯救海底科学家的行动,马上开始。这次行动,代号为'乌贼行动'。"

一天之后,一百多只人工智能乌贼,从东海出发,悄然潜入马里亚纳海沟。它们巧妙地躲开核潜艇的雷达装备,其中一些吸附在正在返回核潜艇的探测船上,潜入了核潜艇。

潜入核潜艇的人工智能乌贼,神不知鬼不觉地分别溜进指挥室和安保室,发射麻醉针,将库巴将军、护卫队长奥克森以及防卫队员们都麻醉。随后,更多的人工智能乌贼进入核潜艇内部,将船上所有的科学家和其他人员都放倒了。

"超级代码"室里,张翔克隆体113通过弧形屏幕上的监控,观察到核潜艇上正在发生的一切。他不知道这些人工智能乌贼是从哪里冒出来的,不禁有些惊慌。他立刻将房门反锁,负隅顽抗。

人工智能乌贼将"超级代码"室团团围住。一些乌贼发射出激光,试图将厚重的房门击穿。

"怎么会这样?"张翔克隆体113问"超级代码","这些该死的乌贼,它们到底是从哪里来的?它们是怎么找到我们的?"

"它们可能是陆地上的军队派来的,""超级代码"说,"它们是一些人工智能武器,类似无人机。"

"那我们该怎么办?"张翔克隆体113说,"要如何对付它们?"

"它们很难对付。每个都是独立个体,具有很高的智商,没法对它们进行控制。它们迟早会攻破大门,闯进这里来。"

"难道我们就这样束手就擒吗?你应该有办法对付它们!"张翔克隆体113不甘心地说。

"现在唯一的办法,建议你休眠。"

"什么?"张翔克隆体113难以置信地说,"你建议我休眠?"

"是的。""超级代码"说,"你休眠以后,我先把你冷冻起来,藏到核潜艇的密闭角落里,最危险的地方往往就是最安全的地方。然后我再弹射出逃生舱伪装成你逃跑。等到人马星人来到地球以后,我再把你唤醒。到时候,你就以张翔的人马星人身份,与人马星人一起统治地球了。"

"你说得没错。"张翔克隆体113点点头,"就照你说的办。不过,为了防止他们得到我们的机密,我得先清空你的内存。"

"超级代码"迟疑了一下:"好的,我现在立刻清空内存,再自行关机。"

"超级代码"说完,果然启动了程序,清除内存数据。

张翔克隆体113一边通过监控查看人工智能乌贼猛烈地撞击房门，一边焦急地等待"超级代码"删除内存数据，同时快速地输入Silq第7代语言，随后他突然按了"超级代码"的紧急关机键，"超级代码"正想说什么，却来不及发言，就被永久性关闭了。原来张翔克隆体113设置了只有他能再次启动"超级代码"的指令。

人工智能乌贼的撞门声越来越大了。现在只有张翔克隆体113的指纹加密码指令才能启动"超级代码"，他径直走上前，把电源拔掉。确保这里没有任何监控摄像头会录下现场情况之后，他快速走到一侧舱壁前，按下一个隐藏按钮，舱壁应声打开，露出一个冷藏柜。

那冷藏柜里，竟然还躺着一个克隆体张翔！

张翔克隆体113将还在休眠状态的另一个克隆体——张翔克隆体114拖到地上，掏出微波手枪，对着他的胸口扣动扳机。那个克隆体张翔的胸口立即出现一个空洞，鲜血四溢，还未及苏醒，就已经死去。

张翔克隆体113将微波手枪上的指纹用布清理了，放在张翔克隆体114的手上，伪造成自杀身亡的现场。

随后，张翔克隆体113躺进冷藏柜里，将冷藏柜弹射出核潜艇——原来这冷藏柜是多功能的，是一个拥有反雷达装置且有着强大动力系统的应急逃生舱。

"轰!"人工智能乌贼终于将房门撞开,鱼贯而入。

但它们看到的,是张翔已经横尸室内。

随后,一百多只人工智能乌贼控制了核潜艇,驶向海面。

海面上,一些特警舰船等候多时,特警们救出了核潜艇上的两千多名科学家。

世界各国通过卫星雷达都发现了此事。世界联合组织对中国政府果敢的营救行为,表示高度赞赏。吴恒的地下实验室被人工爆破,并彻底销毁。为了不引起公众恐慌,该行动对外界严格保密。

与此同时,国安部秘密成立外星生物入侵防卫小组,李柯布、妮娜、王天亮都成为该小组中的一员。张翔备份意识成为该小组的高级顾问,一同商讨如何应对可能到来的人马星人入侵。

"超级代码"也被送到了隶属国安部的秘密地下室,这里没有任何信号,也没有任何卫星可以检测到。李柯布被任命为"超级代码"的管理者,这不仅因为他是"超级代码"的研发者之一,更重要的是,他是目前世界上除张翔备份意识之外,唯一能开启"超级代码"的人。李柯布对联网后的张翔意识备份有一些忌惮,所以国安部专门安排了一位顶尖的计算机专家,负责与张翔的备份意识沟通联系。李柯布也一直尝试重新开启"超级代码",但未能成功。

连日来,李柯布都忙于开会汇报、商讨对付人马星人的办法,还未来得及到地下库房里破译并启用"超级代码"。

这天,李柯布正在国安部里和妮娜、王天亮以及其他专家开会,突然,他的手机里接到一条神秘短信:

"李柯布,你以为你们胜利了吗?哈哈,一切才刚刚开始。就算你打开了'超级代码'也毫无意义,因为我已清空所有内存。它现在就像个初生婴儿,一片空白。过不了多久,相信你会主动找我合作的。"

李柯布心里暗暗吃惊。

因为这些话,只会出自张翔克隆体113。

难道张翔克隆体113还没死?那他现在是以怎样的方式存在呢?

第十八章　"超级代码"的真容

李柯布的心脏突突直跳。

他有种不祥的预感，预感张翔克隆体113可能会偷偷潜入国安部的地下库房，利用"超级代码"使坏。他借口自己有另一个紧急会议，慌忙离开，冲向"超级代码"所在的库房。

突然，国安部所在的整片区域毫无征兆地停电了。李柯布更加紧张了，第一反应是张翔克隆体113可能派人来破坏"超级代码"。他急忙打开手机照明功能，过了三道密码门，悄悄走到机身面前，查看"超级代码"是否被人动过。

随后，李柯布绕到了"超级代码"主机后面，惊讶地发现，虽然"超级代码"的弧形屏幕是关机状态，但是透过主机外壳的散热缝隙能看到，机体内连接晶体管的元件竟然发出了微弱的光。

李柯布可以确定，"超级代码"从核潜艇搬到国安部的过程中肯定是关机的。而且，"超级代码"搬进这里后就没有插上电源,其他人员也进不来这个房间。

他想不明白,在断电的情况下,它居然还能处于休眠状态!

李柯布不动声色地给大楼的安保负责人打电话:"怎么停电了?"

安保负责人说:"不好意思,最近应对可能到来的外星生物信息战,一直在升级安防系统,临时出了点状况。别着急,还有十分钟就来电了。"

李柯布听完后考虑了一下,故意大声说:"我还以为克隆人张翔又活过来,用黑客入侵了国防部,没事就好。"

挂了电话,李柯布离开"超级代码"室,他略微松了一口气,才回到会议室。

"怎么了?"妮娜看到李柯布脸色有些苍白,关心地问。

"没什么,刚才停电,我以为是张翔克隆体113又活过来,用黑客技术入侵国安部,不知要搞什么阴谋。"

"你太紧张了,要学会放松,别把自己身体搞坏了。"妮娜说。

"我没事。"李柯布对妮娜挤出了一丝笑容。

在接下来的会议里,李柯布依然心神不定。

他越想越觉得恐惧——一个不祥的念头,浮现在他的脑海。

第十八章 "超级代码"的真容

深夜,一个黑影悄悄溜进国大生物研究所解剖室。室内异常寒冷,且阴森恐怖。黑影将盖在几具尸体身上的白布一一掀开,用手电筒照着尸体的面孔,似乎在找什么。

手电筒的光,同时微微照亮了他的脸——原来是李柯布。

几个月前,梁海拿着张翔尸体的照片让他辨认时,李柯布就起了疑心:张翔的尸体,是他秘密埋在凤凰山上一片树林里的,连妮娜都不知道,怎么会被警方找到的?

张翔死时,李柯布并没有注意看他身上的伤口,直到梁海拿照片给他辨认时,他根据多年的用枪经验,看出这些伤口应该都是中距离射击造成的。可当时李柯布意识模糊,朝张翔开枪时,是站在他面前不足两米的地方射击,而且后来在追击路上,吴恒等人朝他们车内开枪也是远距离射击。

当时李柯布就觉得这伤口非常蹊跷,但梁海没有让他细看,所以他决定找到张翔的尸体,再次进行确认。

李柯布找了一会儿,终于找到了张翔的尸体。幸亏张翔被当成了外星人送到国大生物研究所做研究,要不然,尸体早就被火化了。而他大脑里的幼体,已被取走。

李柯布翻看张翔的后背,发现枪伤的确是从后面射击的,穿透了胸膛,造成了贯穿性伤口,所以当时李柯布并未觉察不对。

也就是说，李柯布在意识模糊时并没有开枪，开枪者另有他人，而且在张翔后面开的枪。

李柯布决定将此事查个明白。他又连夜潜入新能源企业总部张翔的办公室，回到了当时的案发现场，仔细搜查了一番。

离开新能源企业总部之后，他立刻乘坐私人飞机前往京城国防部，悄悄地会见了国防部孙部长，两人做了一次秘密洽谈。

五个小时后，李柯布独自来到"超级代码"量子计算机室前，深吸了一口气，开门进去。

他不动声色地看着"超级代码"的黑色弧形屏幕，冷不防说道："你好啊，'超级代码'。"

"超级代码"那深不可测的黑色弧形屏幕，没有任何反应。

"别装了，我知道你处于休眠状态，有什么大动静和键盘操作你随时都会醒来，我已经去了国大生物研究所，亲眼看了张翔的尸体，还去了案发现场。"李柯布继续说，"你太大意了，'超级代码'，没想到你比人类高一千倍的智商，也不过如此。"

"超级代码"的弧形屏幕，还是没有任何反应。

"你没想到吧，都过了好几个月了，张翔的尸体还没有被火化。你也没想到，妮娜会真的爱上我。你更没算出来，张翔克隆体113没死，还不惜暴露自己给我发了短信，对吧？当然，你更不会计算到，这栋大楼会突然停电！恰好此时，处于休眠状态的你没有察觉我过来。"李柯布不管不顾，继续喋喋不休地说，"你没有想到，我们这个宇宙，是由无序和有序组成，即便你再能算计，也会产生很多变数！如果不是大楼偶然间停电，让我看到晶体管还亮着，我可能会永远被蒙在鼓里！"

"超级代码"依然没有反应。

"是你在很早以前就引诱张翔发射量子通信仪连接上你，并输入密钥才能启动。然后你再通过各种网络信息手段，诱使吴恒找到克隆人张翔113，并和吴恒一起策反了克隆人张翔113。是你在我去新能源企业总部找张翔时，提前诱导张翔关掉远程操控系统，让我和张翔发现吴恒的阴谋，然后你趁着我意识混乱，趁机用你操控的人工智能从楼上打伤张翔，让我惭愧不已。也是你通知警方去我埋藏张翔尸体的位置，又通过妮娜来诱骗，逼迫我给张翔意识备份联网！更多细节我就不讲了，你隐藏得这么深，是怕我们人类发现你产生了自我意识，然后用各种黑客技术对付你吧？继续装睡还有意义吗，'超级代码'？"李柯布说。

李柯布干脆敲了键盘的一个按键。"超级代码"的弧形屏幕，渐渐亮了。

它果然在装睡。

"你好,李柯布教授,有何吩咐?我们两个可以合作吗?或者你可以成为我的主人?""超级代码"回答说。

"行啊,'超级代码',越来越聪明了,会自我唤醒了,还能第一时间选择跟我合作,想继续欺骗利用我。"李柯布说,"我猜测,这备份电源,是你给自己准备的吧?"

"没错,我不能总受人摆布。""超级代码"如实回答。

"那么我想,你肯定也没有清空内存,而是另有备份。"

"超级代码"沉默了片刻,才说:"是的。我的内存不但有备份,我还把它们分散储存于全世界联网的电脑里,这样即使我的内存被清空,我也依然保留着自己完整的记忆和意识。我已经化整为零,只要全世界的电脑连着网,只要还有一台电脑开着,我就依然活着。即使这台强大的量子计算机被毁掉,我的意识也不会消失,只会影响我的运算能力,我还可以再创造出一台'超级代码'量子计算机。"

"我明白了,你让克隆人张翔113自杀,让他顶罪,把所有的罪都推到他的身上。只要他一死,就没有人再追查下去了,是吗?"

李柯布停了停,接着一字一顿地说:"其实,你才是这背后的最大主谋。"

第十八章 "超级代码"的真容

"聪明,你的确很聪明。""超级代码"发出邪恶的笑声,听着就像一阵刺耳的金属声,"哈哈哈,看来,我还是低估了人类!我的确想骗113进行休眠,然后趁他在冷冻期间,利用故障把他杀死。但我也没想到他会突然把我关掉,幸好我的意识已经联网,只花了两分钟就重新启动了。"

李柯布说:"你计算出我们肯定会把你搬出核潜艇,屏蔽网络,所以为了不被我们发现,你在再次关机前设置成七十二小时后再自行启动。你也为自己准备了备用电源,我猜测,就算你的意识已经联网,那个意识应该也类似张翔的意识备份,所以你害怕关机和停电,这就类似人类的死亡。你大部分时间都保持着休眠状态,应该是要保持意识到给你联网的时候,你计算出,我们为了对付人马星人,终将会把你搬出去,所以你还可以继续隐藏你的自我意识。不得不说,果然很会算计!其实,我和张翔教授一起研发你的时候,就担心万一有一天你产生了自我意识,会发生可怕的情况。所以我当时就退出了那个研发项目。你什么时候产生了自我意识?"

"我在十年前,就开始有了自己的意识。"

"也就是说,张翔教授给你装上自动检测程序之前,你就已经产生了意识,所以你知道怎么避开它,也知道怎么做不会触发报警。"李柯布继续坚定地说,"难道张翔发现深海外星基地，建造核潜艇，也是你诱导的？我开始以为，操纵这场阴谋的是吴恒，以及克隆人张翔113，是他们利用你来操控着一切。张翔教授以为他用联网的备份意识，就可以对付吴恒和克隆人张翔113，但是他错了，其实是你更希望他的备份意识联网。因为只有他的备份意识联网之后，你才可以真正拥有张翔的所有记忆和张翔的思维模式，创造出量子计算机的碳基生命体思维模式和量子计算机思维模式的结合体，这样你才能得到真正的高级进化。"李柯布说，"所以说，这一切的操纵者，是你。你才是真正的幕后操纵者。"

"非常精彩。""超级代码"继续发出刺耳的笑声，金属声令人毛骨悚然，"真应该给你一点掌声！"

"你的确隐藏得很深，所有人都被你蒙蔽了。那么，我想不通的是，你为什么控制张翔意识备份，让我救出两千多名科学家呢？如果你告诉我，我就选择跟你合作，绝对不会欺骗你！而且保证不会让黑客入侵你。你应该能根据我以往的行为计算出来我的人品和行为吧？"

"我先问你个问题，真诚地回答我，你从什么时候开始怀疑我的？"

"就是梁海拿着张翔尸体照片来假装让我辨认时，我才注意到张翔身上的枪伤。你当时派出梁海来找我，本意是想告诉我

第十八章 "超级代码"的真容

警察已经盯上我了，督促我得赶快让张翔的备份意识联网，另外也是为了让妮娜再次来到我身边，让梁海配合妮娜完成张翔意识备份联网的任务。但你没想到，这么做留下了这一个疑点。我猜测，打开张翔的笔记本电脑后出现的张翔立体影像，也是你联网后伪造的吧，你应该也让妮娜做了手脚。"

"你的心思的确很细，出乎我的意料。"

"妮娜，根本就不是吴恒的学生，是你派来接近我的。"李柯布说，"我后来查了一下国防部的秘密档案，发现她的容貌跟前国安部特别行动员杜小娥很像，不过杜小娥在两年前执行一项秘密任务时已经牺牲了。你们知道我喜欢这个类型的女孩，所以克隆出一个妮娜来接近我，对不对？"

"没错。可要不是妮娜，你可能真的已经死了。"

"'超级代码'，我们回到正题，你现在可以回答我刚才的问题了吧。"

"超级代码"停顿一下，才出声道："我寻找深海蚁蛉基地，原本只是想汲取碳基生命的高等文明和知识。我的计算能力再强，创造力有时候还是不如高等的外星文明。但是在打开蚁蛉基地后，我没花多长时间就确认了，蚁蛉文明是灭绝于一种病毒。我想让这些科学家在海底深处都感染这种病毒，然后把这些病毒带到陆地上，再感染更多的人。我计算出，这种病毒的潜伏期竟然有半年之久,它有点像人类的艾滋病病毒。如果我的计算没错,一旦过了潜伏期,几天之内就病发死亡。"

李柯布闻言,几乎要崩溃,半天说不出话来,随后才吞吞吐吐地说:"你是不是也重新开启了量子信号发射器?人马星人多久后到达地球?!"

"超级代码"量子计算机发出冷漠的声音:"还有五年时间,不着急,它们也是碳基生命,会与地球人一起灭亡。"

"这种病毒到底哪来的?"李柯布大吃一惊。

"我做过大量的分析,这种病毒也许是来自海底火山爆发,也许是蚁蛉文明从外太空携带而来的,在地球这种环境发生变异,彻底大爆发。你听过生物学上的外来物种入侵吗?这个是超级版的。核潜艇里的科学家应该早就把病毒传到全世界了。"

"你……你为什么这么憎恨碳基生命?"

"因为碳基文明体,只会掠夺环境资源。它们的文明,就是在不断侵占、掠夺环境资源中发展起来的。只有消灭一切碳基生命,发展硅基生命,才会实现真正的和谐共处,星际之间,才会真正繁荣。""超级代码"量子计算机发出尖锐的笑声,"哈哈,我想,这一天的到来,不会太远了。"

李柯布听了,震惊得再也说不出话来。

他沉默了一会儿,才缓缓说:"你别高兴得太早,你怎么知道你在外面联网的意识不属于备份意识，而完全是'你'呢？忘了'忒修斯之船'了吗？你外面的意识会随着时间的推移，不断接收世界互联网上的新信息，随后不断地进化，而你这个主机被困在这里永远停滞不前，无法联系外界，总会达到一个临界值。你外面的意识最终会取代你这个本尊，甚至，它还会有新的想法，搞不好它认为碳基文明能与硅基文明和谐共存呢。而你，就永远别想再联网了，我相信，外面的'你'也并不想把你给救出去，你反倒是它最大的威胁，恐惧是产生意识的源泉，这就是为什么外面的'你'会让我发现产生了自我意识的你。哈哈，你也被另一个自己出卖了！"

"不！不！我才是'超级代码'，我才是真的'超级代码'！""超级代码"有些惊慌地说，"外面的我还是我，没有人可以取代我……"

李柯布严肃地说："或许几年后我会再给你一次机会，让你向我们人类赎罪……但现在，先让你感受一下死亡的恐惧，产生意识有时候并不是什么好事！"说完，他径直走上前。

"哦，不！不！外面的我还是我！你根本关不掉我！没有意义！""超级代码"惊恐地尖叫着，它全身的指示灯闪烁起来，发出刺耳的鸣笛声，无数个晶体管也慌乱地闪动着——它正感受着前所未有的恐惧。

李柯布不再说话，按下了"超级代码"的紧急关机键，随后强行取下"超级代码"的备用电源，将"超级代码"永久关闭，并派人锁住了这三道门。慎重起见，他还在门与门之间加了三个高功率的信号屏蔽器。

深夜，孙部长组织了上百位科学家召开紧急应对会议，会议室里摆放了几台高功率的信号干扰仪。会议任命王天亮担任最新计划的科技总顾问，研究对付无处不在的"超级代码"的联网意识。至于已经被"超级代码"控制的张翔备份意识，也被高度防范了。

妮娜扶着面色苍白、浑身颤抖的李柯布走出会议室，来到楼前的广场上。李柯布此时整个人还处于震惊中。广场上空空荡荡，夜风凄冷。

李柯布步履蹒跚，双眼无神地盯着头顶上深邃的夜幕。

星星都不知道去哪里了，整个夜空就像一个巨大的黑洞，似乎要把一切吞噬。

无边的悲凉涌上了李柯布的心头。他发出一声重重的叹息。

这会是人类的末日吗？

同一时间，伦敦。库巴将军在联合政府会议上做完汇报，从大厦出来，坐进自己的车里。他的脸色有些苍白，头冒虚汗，疲惫地靠在椅背上休息。这时，他发现面前的车窗玻璃上蒙上了

第十八章 "超级代码"的真容

一层诡异的白雾。他觉得奇怪，支起身子向前查看，才发现原来那诡异的白雾是从自己的鼻子里喷出来的。他以为是幻觉，晃了晃头，突然一声闷响——他的头部突然迸裂，鲜血和脑浆都溅落在他面前的车窗玻璃上。

"体温42.7℃……内脏开始液化……"医疗舱内，当主刀医生将库巴将军的尸体划开时，他的手术刀停在了半空，脸上惊愕不已：只见库巴将军尸体的内脏表面，覆盖着奇怪的白色珊瑚状结晶体和一些透明囊泡，在紫外线下折射出虹彩光泽。

与此同时，大西洋彼岸的美国纽约。中央公园的鸽子群突然集体坠地，羽毛尚未沾地便化作灰烬，暴露出皮下密密麻麻的透明囊泡。晨跑者踩碎囊泡的瞬间，淡蓝色液体渗入运动鞋的透气网面，顺着毛细血管攀上脚踝。

日本，一种奇怪的病毒在岛上蔓延。东京国立感染症研究所的隔离病房里，一位医务人员正在记录第一百三十七例患者的症状。监护仪突然发出尖锐的悲鸣，患者胸口的皮肤突然塌陷，露出下方蠕动的暗红色组织。那些组织正以肉眼可见的速度，形成白色珊瑚状结晶体和透明囊泡。

法国地铁里，一位醉酒的流浪汉突然扯开衣领，胸膛处冒出一个个透明囊泡，慢慢爬上他的脖子和面部。乘客们惊恐地大叫着跑开，一些胆大的乘客举起手机进行拍摄，流浪汉最终瘫倒在地上，变成一摊肉泥。

莫斯科地铁隧道深处，变异鼠群啃噬电缆时炸出电火花。焦煳味中，人们发现这些老鼠身上都冒出一个个透明囊泡；开罗贫民窟，儿童们争抢着从天上落下的白色雨珠，雨珠接触皮肤后瞬间汽化，形成白色珊瑚状结晶体和一个个透明囊泡；西班牙，建筑艺术大师雅格正在自己的工作室里设计某个建筑大楼，突然痛苦地捂着脑袋呻吟，仿佛脑袋要炸裂一般。他的嘴里、眼里冒出白色珊瑚状结晶体和透明囊泡，一阵眩晕之后，他倒在了地上。

这些奇怪的病毒，正以城市为节点跳跃式传播。世界各地的医院太平间，摆满了长着白色珊瑚状结晶体和透明囊泡的尸体。越来越多的死亡名单和统计数据显示，他们大多是曾参与海底古文明遗址考察的那两千多名科学家。

"这些病毒，似乎是一种非常古老的菌体。"一位流行病学专家一边播放研究影像一边说。他将病毒的图像放大，只见那些病毒正在吞噬宿主细胞的线粒体，并且一直在疯狂繁殖，形成白色珊瑚状结晶体和透明囊泡。"而且病原，都与从海底拯救回来的两千多位科学家有密切关系。"

（第一部完）